KB010634

그림이 내게 와서 소설이 되었다

소설을 읽고 그림을 만나다

나무소설가선 020

그림이 내게 와서 소설이 되었다

1쇄 발행일 | 2020년 09월 25일

지은이 | 김주욱
펴낸이 | 윤영수
펴낸곳 | 문학나무
기획 마케팅 | 03085 서울 종로구 동숭4나길 28-1 예일하우스 301호
이메일 | mhnmoo@hanmail.net

출판등록 | 제312-2011-000064호 1991. 1. 5.
영업 마케팅부 | 전화 | 02-302-1250, 팩스 | 02-302-1251

값 15,000원

ISBN 979-11-5629-105-3 03810

소설가의 보는 이야기와 화가 12명의 읽는 그림

12명의 화가 이야기

그림이 내게 와서 소설이 되었다

김주욱
소설집

차례

서문

1997년 창간한 계간 문학나무에 2019년 가을호부터 2020년 여름호까지 연재한 화가인물스마트소설을 수정, 보완하여 단행본으로 출간하게 되었습니다. 총 12명의 화가들의 삶과 대표 작품을 재해석하여 짧은 이야기로 형상화했습니다. 독특한 작품세계를 펼치고 있고 삶 자체도 남다른 화가들을 소설로 재해석하기 위해 작업현장에 찾아가 인터뷰를 바탕으로 화가의 삶에서 한 장면을 뽑아내고 작품 세계를 집약하여 허구의 이야기로 만든 스마트소설들입니다. 스마트소설은 하이브리드 시대에 문학과 미술을 보여주는 방식이기도 합니다. 그림과 짧은 소설의 접목으로 긴 이야기를 부담스러워하는 독자에게 신선함을 줄 수 있을 것입니다. 문학과 미술이 만나 독자들에게 보는

그림 같은 소설과 소설 같은 그림

이야기 읽는 그림으로 재미있게 다가갔으면 좋겠습니다. 이 소설집이 시리즈가 되어 다음에는 다원예술, 사운드아트 작가들도 만나 소설작업을 해 보고 싶습니다. 많은 관심과 성원 부탁드립니다.

최근 젊은 미술작가들은 초대전이나 개인전 때 예전처럼 카탈로그를 찍지 않습니다. 작품 관련 아카이빙과 홍보는 SNS와 인스타그램으로 대체되었습니다. 전시장에서는 보통 A4 한 장에 구성한 작가의 양력과 간단한 작품해설이 전부입니다. 나는 전시장에 갈 때마다 그것을 챙겨 유심히 읽어봅니다. 큐레이터나 갤러리 대표가 직접 작품해설을 하는 경우가 많아져 예전처럼 미술비평가의 어려운 글에서 벗어났지만 아직도 일반 관람 대중이 이해하기에는 다소 어려운 글이 대부분입니다.
관람 대중에게 작품 비평 또는 해설과 더불어 작가의 삶과 작품세계가 응축된 이야기가 재미있게 전달된다면 좋지 않을까? 그 이야기를 통해 관람 대중이 또 다른 상상을 하게 된다면 현대미술이 친근해지지 않을까? 하는 생각으로 화가스마트소설을 기획했습니다. 이 시도가 확산되어 미술가들이 문학작품에서 영감을 받아 작업한 작품도 많이 등장하여 장르 간 깊이 있는 융합이 이루어지길 바랍니다.

선정된 12명의 화가는 현재 한국 화단에서 평면 페인팅 위주로 활발한 활동을 하는 젊은 예술가들입니다. 갤러리를 돌아다니며 추천 명단을 받고 미술관련 사이트를 통해 화가들에 관한 리서치를 하고 개별적으로 인터뷰 요청했습니다. "문학잡지에 실리면 많은 홍보가 될 것입니다."라고 했지만 화가들은 홍보엔 별 관심 없었고 자신을 소재로 한 소설이 어떻게 나올까 하는 궁금증으로 인터뷰에 응한 것 같습니다. 화가들에게 "왜 그림을 그리세요?"라고 질문해

보았습니다. 머릿속엔 꽉 차 있지만 한마디로 말할 수 없는 근원적인 질문에 대부분 "할 줄 아는 게 이것밖에 없어서요."라고 했는데 여성화가 한 분은 "슬픔과 우울에서 벗어나고자 그림을 그리는지도 모른다."라고 했습니다. 그녀의 일상과 작품이 잘 연결되어 있어 공감되었습니다. 일상에서 발화하는 '우울'이 창작의 원동력이라는 사실이 부러웠습니다. 또 다른 여성 화가는 "현실의 도피처를 찾기 위해 그림을 그려요."라고 했습니다. 작품에 안식의 공간을 만들고 그곳에 쉬러 간다는 것인데 그 말을 듣고 그림을 다시 보니 정말 가서 쉬고 싶은 공간이 보였습니다. 집에 와서 인터뷰를 정리하면서 나는 왜 소설을 쓰는가? 생각해 보았습니다. 처음엔 남들보다 잘 쓰고 싶다는 오기로 썼고 그다음엔 나는 누구인지 궁금해서 썼고 그다음엔 세상의 고정관념과 편견이 싫어서 썼고 지금은 나도 잘할 수 있는 게 이것밖에 없어서 쓰는 것 같습니다. 그동안 화가들을 만나 이야기의 모티브를 잡기 위해 삶과 작품에 관해 계속 질문하다 보니 미술에 대한 이해와 시각이 더 깊어진 것은 큰 보람입니다.

헤파이스토스가 질투할만한 12명의 뮤즈들

그들은 그리스 신화에 나오는 올림포스 12신 중 하나인 대장장이 헤파이스토스가 질투할만한 뮤즈 들입니다. 화가 양경렬은 큰솥을 지고 다니며 요리하며 신전 같은 집을 짓고 비둘기의 눈을 통해 세상의 모습을 반사하여 보여줍니다. 화가 유용선은 무엇이든지 먹어 치우며 소울 푸드의 향수와 미국 하위문화에 관한 심미안을 주었습니다. 화가 전희경은 도피하고 은둔하기 위한 공간을 어떻게 창조하는 가를 보여줬습니다. 화가 윤정선은 시간을 마음대로 정지하고 과거를 불러오며 내가 가보지 못한 영국과 중국으로 공간 이동시켜 짜릿한 여행을 제공했습니다, 화가 연미는 여론의 흐름을 읽고 마음대로 조종하며 외부 세력에 의해 삶의 본질이 조종당하지 않으려면 어떻게 해야 하는지 일깨워 주었습니다. 화가 서정배는 우울한 감정을 창조의 에너지로 활용하며 우울함의 반대가 즐거움이 아닐 수도 있다는 것을 알려주었습니다. 화가 윤상윤은 무의식과 의식 초자아를 넘나들며 집단의 텃세가 사라지고 개인이 존중받는 사회를 위해 일부러 왼손으로 그림을 그립니다. 화가 정회윤은 무상무념의 상태를 즐기며 전통예술을 현대적 감각으로 계승하고 사랑으로 아이들에게 미술을 가르칩니다. 화가 이국현은 3D프린터로 구현한 사물에 생명을 불어넣으며 우리 사회의 불평등과 노동의 신성함을 표현하기 위해 뭉뚝하고 거친 질감을 연구하는 장인입니다. 화가 설휘는 보이지 않는 뿌리의 존재를 밝히며 내면과 외면의 부조리함을 연구하며 끊임없이 변하기 위해 몸부림치는 철학자입니다. 화가 서화라는 기억을 불러오고 망각을 살리며 우리가 의식하지 못하는 경계선을 찾아내어 우리를 자각하게 합니다. 화가 김형관은 컬러비닐테이프로 포장된 세상을 투명하게 만들며 분리수거 되는 소재를 발굴하고 그것에 감각을 더해 새롭게 인식하게 만듭니다. 이들의 모습은 원형상징의 현대판 이야기라고도 볼 수 있습니다. 모두 바쁜 시간에 인터뷰에 응해 주시고 자료 챙겨주셔서 감사드립니다.

비둘기의 맛 _ 화가 양경렬 이야기

화가 양경렬 이야기

양 화백은 비둘기 백숙을 위해 드럼통을 샀다. 그라인더로 드럼통 절반을 잘라낼 때 튀는 불똥이 밤하늘의 폭죽 같았다. 반으로 잘린 드럼통은 집을 지을 때 사용하고 남은 나무를 때기위한 아궁이였다. 비둘기 대여섯 마리는 너끈히 들어갈 만한 큰솥도 샀다. 비둘기 백숙은 여러 사람이 모여 앉아 친근하게 먹을 수 있고 인간관계가 그대로 반영되는 음식이었다. 마음에 드는 사람에겐 다리를 미운 사람에겐 비둘기 계륵을 건네곤 했다.
양 화백이 양평 서종면에 땅을 사고 집을 짓는데 들어간 돈은 아내가 받은 대출과 그의 작품 중에 군중을 상징하는 비둘기를 등장시킨 '광장' 시리즈가 한몫했다. 사람들이 평화의 상징에서 유해동물로 변한 비둘기에게 먹이를 주지 않자 먹이를 찾아다니느라 무리 짓지 못하는 모습을 현대인으로 은유한 작품들이었다.

비둘기의 맛

양평군 서종면 사람들은 남편들보다 아내들이 활발하게 경제 활동을 하다 보니 학부모 모임은 아버지들이 주축이었다. 비둘기백숙은 그가 학부형 모임의 천렵을 위해 준비한 요리였다. 그동안 이사하느라 붓을 못 잡은 지 한 달이 넘었지만 지역사회에 빨리 뿌리를 내리는 것은 그림을 그리는 것만큼이나 중요한 일이었다. 그는 이사 온 지 얼마 지나지 않아 고무줄 새총을 들고 산비둘기를 잡으러 뒷산에 올랐다가 길을 잃은 적이 있었다. 물소리가 나는 곳으로 내려가자 작은 폭포가 나타났다. 그곳에서 학부형모임 회장을 만났다. 회장은 아들과 바위에 앉아 짜장면을 시켜서 먹고 있었다. 그는 주린 배를 안고 내려오면서 깊은 산속까지 짜장면을 시켜먹는 원주민의 힘을 느꼈다.

양 화백은 아이들을 초등학교 통학버스에 태워 보내고 이층 테라스에서 전원을 바라보며 담배를 피웠다. 집 앞에 흐르는 강을 사이에 두고 건너편은 비닐하우스와 밭이 펼쳐진 농지고 이쪽은 주택이 드문드문 들어선 산지다. 그는 강 건너편 유기농 채소를 기르는 비닐하우스를 바라보면 등줄기에서 땀이 났다. 비닐하우스를 얻어 첫 개인전을 준비하던 해 삼십 년 만의 폭염이 왔다. 그는 세 번째 개인전까지 비닐하우스에서 비둘기를 잡아서 그린 다음 맛있게 먹었다. 비둘기를 열심히 그린 결과 강을 건너와 매일 가족과 함께 지낼 수 있게 되었다. 그는 작업실로 내려가서 그리다 만 캔버스를 꺼냈다. 비둘기 한 마리가 비닐하우스 위를 날아 강을 건너가는 풍경화였다. 캔버스를 180도 돌려 보았다. 그러자 비닐하우스가 멀리 떨어진 배경이 되었다. 그는 풍경화를 뜯어보다가 비닐하우스가 반사되어 전원주택으로 바뀐 것처럼 수정하기로 마음먹었다.
양 화백은 강가에 천막을 치고 간이 테이블을 옮겨놓고 장을 보러 갔다. 비둘기백숙을 위해 도시의 비둘기를 잡는 것은 그림을 그리기 위해 캔버스를 짜는 것과 같았나. 좋은 작품의 요소는 낯선 소재에서 출발한다는 생각으로 고무줄 새총을 들고 뒷산의 산비둘기를 잡으려 했지만 날쌘

산비둘기를 잡을 수 없었다. 할 수 없이 서울의 변두리를 돌아다니며 살찐 비둘기를 잡아 왔다. 채소와 버섯을 사는 것은 그림의 주제에 맞는 소재를 정하는 것이다. 시장에 그가 좋아하는 표고버섯은 아무리 찾아봐도 없었다. 대신 노란 빛이 나는 서종면 농가의 목이버섯을 샀다. 먹어보진 않았지만 학부형들이 이곳에서만 나는 목이버섯이 들어간 비둘기 백숙을 먹으면서 이사 온 화가도 이곳 주민이라는 동질감을 느낄 것으로 기대했다. 그는 시장에서 돌아와 먼저 장작불을 피워 손질한 비둘기를 한 시간가량 삶았다. 한여름에 비닐하우스를 얻어 그림을 그릴 때보다 땀이 더 흘러내렸다. 장작불을 조절하며 비둘기를 삶는 것은 캔버스에 젯소를 바르고 시원스러운 터치로 초벌 그림을 그리는 것이다. 솥뚜껑을 열고 뜨거운 김을 피해 굵은 소금을 뿌리는데 얼굴의 구슬땀이 비 오듯 흘러내렸다. 목에 두른 수건으로 얼굴의 땀을 닦는데 여섯 명의 사내들이 천막으로 몰려들었다. 원래 다섯 명이었는데 화가의 집을 구경하고 싶다는 학부형 모임회장 친구가 따라온 것이다. 그가 사내들에게 애피타이저로 두부김치를 내고 식전주로 막걸리를 한 잔씩 돌리자 여섯 사내도 그에게 막걸리를 따라줬다. 그는 빈속에 막걸리 여섯 잔을 받아 마시고 나니 속이 울렁거렸다. 트림을 해대면서 초벌 그림위에 잔잔한 터치로 묘사하고 화면의 강약을 조절하듯이 각종 버섯과 엄나무 그리고 배추를 넣고 한 시간가량 더 끓였다. 특히 계절버섯과 배추는 국물의 맛을 깊고 깔끔하게 내는 재료여서 넣는 양을 적당하게 조절했다. 그는 비둘기 백숙이 완성되자 솥뚜껑을 열고 흙으로 빚은 커다란 그릇 여섯 개에 비둘기 백숙을 덜었다. 양을 잘 조절했는데도 여섯 그릇이 밖에 나오지 않았고 국물은 조금 남아있었다. 사내들은 먼저 국물 맛을 보고는 감탄사를 연발하며 비둘기 고기를 뜯느라 정신없었다. 사내들은 게걸스럽게 먹다가 약간 붉은 빛이 도는 살과 연약한 다리를 보고 의아에 했다. 그는 장모님이 시골집에서 가둬놓고 지렁이를 먹여 기른 영계라고 얼버무렸다. 딸만 둘인 사내가 그의 몫이 없는 것을 확인하고 자신의 살점을 덜어주려고 하자 그는 요즘 손님 대접하느라 자주 먹었다며 사양했다. 그는 남은 국물에 라면을 끓이면 일품이라고 하면서 집에 가서 사리면을 찾았는데 다 먹고 없었다. 할 수 없이 신라면 여섯 개와 대접 일곱 개를 챙겼다. 다시 천막으로 가는 데 사내들의 수다가 들려 나무 뒤에 숨어 엿들었다. 사내들의 눈엔 그가 번뜻한 이층집을 가진 이방인이고 화가라는 직업은 호기심의 대상일 뿐이었다. 그가 라면을 들고 나타나자 사내들의 대화가 끊겼다. 소주잔 부딪히는 소리와 비둘기 살을 발라 먹는 소리만 들렸다. 사내들은 비둘기 살을 모두 발라 먹고 나서 남은 버섯을 소금에 찍어 먹고 건배했다. 사내들이 아내를 잘 만나 땀을 흘리지 않아도 되는 한량을 위해 다시 건배하자 그는 아내를 잘 만난 것은 사실이지만 몇 년 전부터 비둘기를 그리기 시작하면서 작품성을 인정받아 그림을 많이 팔렸다고 했다.

해가 지면서 서늘한 바람이 불었지만 그는 땀이 계속 흘러내렸다. 솥에 물을 조금 붓고 아궁이에 장작을 더 넣었다. 비둘기 백숙 국물이 끓기 시작했다. 사람들을 등지고 서서 신라면을 뜯어 면만 솥에 넣었다. 소주를 거덜 낸 사내들은 입맛을 다시며 닭백숙 국물로 끓인 라면을 기다렸다. 그는 대접 일곱 개에 라면을 골고루 분배하려고 했지만 실패했다. 사내들은 라면 대접이 테이블에 놓이자마자 가져가서 먹기 시작했다.
사내들은 모두 잔을 채우고 건배하면서 그림 그리는 사람이 요리도 잘한다며 칭찬을 아끼지 않았다. 딸만 둘인 사내는 그가 닭백숙 전문점을 차린다면 마을의 경기가 살아날 거라고 하면서 그의 레서피를 열심히 받아 적었다. 사내들이 따라준 미지근해진 소주가 그의 텅 빈 속을 훑어 내렸다. 그는 국자로 솥을 휘저었지만 버섯 하나 남지 있지 않았다. 배가 든든해진 사내들은 맥주와 수박을 먹고 일어났다. 모두 만족스러운 얼굴로 그와 악수했다. 그는 드디어 지역사회에 편입된 것 같아 기뻤다.
사내들이 가고 상을 치우면서 상에 떨어진 노란 목이버섯을 주워 먹었다. 처음 맛보는 노란 빛 목이버섯의 맛은 밋밋했다. 행주로 비둘기 뼈를 대접에 쓸어 담는데 신라면 건더기 수프가 보였다. 갑자기 속이 뒤틀렸다. 그는 비닐하우스를 빌려 그림을 그리던 시절 끓여 먹었던 비둘기라면 맛이 떠올랐다. 허기가 졌을 때 맞은편 비닐하우스에서 훔친 표고버섯과 비둘기 살을 넣어 끓인 라면이었다. 그는 몇 년 전

비들기가 들어간 라면이 왜 맛있었을까 하고 생각했다.

그는 집에 가서 남은 라면이 있는지 찾아보았지만 없었다. 그냥 냉장고에 넣어둔 소주 한 병만 들고 왔다. 아직 식지 않은 솥에 물을 조금 붓고 장작불을 다시 피웠다. 비둘기 육수가 금방 끓었다. 라면 수프 한 개와 건더기 수프를 전부 솥에 넣었다. 얼굴의 구슬땀이 뚝뚝 떨어졌다. 찬 소주를 한잔 마시고 국자로 팔팔 끓는 국물을 떠서 후후 불어가며 마셨다. 그는 온몸이 훈훈해지면서 눈물이 핑 돌았다. 그에게 비둘기가 들어간 라면은 허기가 지면 간절해지는 소울 푸드였다.

강 건너 달빛에 반사된 비닐하우스들이 정겨워 보였다. 그는 라면을 국물을 남김없이 마시고 나서 맥주잔에 소주를 채워 한 번에 들이켰다. 강바람이 한나절의 열기를 몰아냈다. 담배를 입에 물고 불씨가 남아 있는 장작으로 불을 붙였다. 담배를 깊게 빨아들이고 길게 내뿜었다. 바람을 타고 허연 담배 연기가 사방으로 퍼졌다. 그는 돗자리에 누워 담배를 피웠다. 이사 와서 별을 자세히 본 것은 처음이었다. 밤하늘엔 그를 위한 폭죽이 터지고 있었다.

양경렬

화 가 를 만 나 소 설 을 그 리 다

국민대학교 일반대학원 회화과 졸업. 추계예술대학교 서양화과 졸업. 독일 함부르크 조형 미술대학교에서 공부했다. 지금까지 10번의 개인전과 2016년 광주신세계 미술제 우수상. 2016년 양주시립 장욱진 미술관 뉴드로잉 프로젝트 입선. 2015년 서울예술재단 포트폴리오 박람회 우수상을 수상했다. 최근 작품에서는 인간의 이중성을 바탕으로 이루어지는 선택에 대해 질문을 던지고 있다. 작품에 반사적 선택에 대한 고민이 강한 이미지로 표출되고 있다. 작품에서 나타나는 반사는 모두가 다르게 생각하는 시각의 반사이다. 반사적 선택은 살면서 진중한 선택을 해야 한다는 반문이고 쇼펜하우어가 말한 자신의 자유의지를 표출하기 위한 몸부림이다.

"내가 생각하는 비둘기는 대중과 개인 그리고 그룹으로 비유됩니다. 평화를 상징하던 것이 어느새 닭둘기가 되고 더 나아가 유해동물로 변해 버린 거지요. 다른 관점에서 보면 우리가 바라보는 정치권의 변천사와 정치인이 바라보는 대중의 변화가 이상할 정도로 역사의 흐름 속에서 닮아 있습니다. 평화의 상징, 정보의 전달이었던 비둘기는 이제 도시 곳곳에서 무리가 아닌 한 두 마리 씩 개인적 활동을 하고 있습니다. 이런 변화에 관심을 가지게 되면서 작품에 비둘기가 등장하게 되었습니다."

인터뷰

At the park, I ask a gray dove, 33×42.5cm, Oil on paper, 2016

Our first encounter was like a scene from a drama, 22×30cm oil on paper, 2018

Our first encounter was like a scene from a drama,182×227cm oil on linen, 2018

I ask a gray dove, 22×30cm, oil on paper, 2018

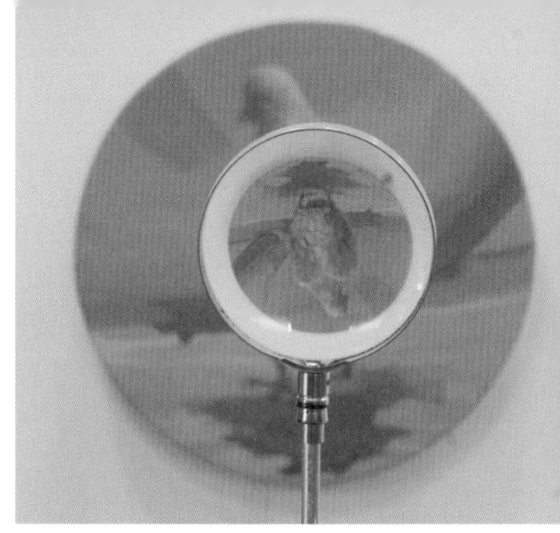

gray dove, 35.5×35.5cm, oil on linen, 볼록렌즈, 2019

nobody, 60.6×72.7cm, Oil on linen, 2017

I ask a gray dove, 45×45cm, Oil on linen, 2019

I ask a gray dove, 45×45cm, Oil on linen, 볼록랜즈, 2019

나이키영양밥 _ 화가유용선이야기

화가 유용선 이야기

역겨움이 온몸을 사로잡았다. 나이키가 들어갔다고 밥맛이 이렇게 떨어질 수 있을까. 매스꺼움에 구토가 나올 뻔했다. 계속 씹어도 목구멍으로 넘어가지 않아서 겨우 넘겼다. 수저로 뽀얀 밥알을 헤집어 비닐 재질의 나이키 로고를 찾았다. 젓가락으로 더듬이처럼 삐져나온 로고 끝을 잡아당기자 승리의 여신 '니케'의 상징이 구부러져 있었다. 밥과 나이키 로고를 뭉쳐 한입에 들어갈 크기로 다졌다. 입을 벌려 밥덩이를 털어 넣었다. 생닭발을 씹는 느낌이었다. 그래도 개 껌 같은 루이뷔통 가방 손잡이보단 먹을 만했다. 껌처럼 변한 나이키 로고를 혀로 굴리다가 삼키는 척 목울대를 움직였다. 입꼬리를 올린 다음 입을 닦는 척하면서 나이키 로고를 손에 뱉어냈다.

나이키 에어맥스 디자인 공모 대상 '신광'은 서울의 네온사인에서 영감을 얻었다고 한다. 24시간 네온이 켜진 서울

나이키 영양밥

의 밤을 표현하기 위해 갑피는 블랙이고 물결 같은 라인 장식은 빨강, 파랑의 네온 빛깔이다. 새벽부터 다섯 시간 동안 줄을 서서 한정판 '신광'을 샀다. SNS에 자랑했더니 반응이 장난 아니었다. 산 가격의 다섯 배까지 올랐으나 팔지 않고 먹방의 희생양으로 삼기로 했다. '신광'의 나이키 로고를 뜯어내고 갑피에 구멍을 내고 잘라냈다. 잘라낸 갑피를 잘게 썰어 밥에 넣었다.
다시 한 순갈 입에 넣고 천천히 씹다 도저히 넘길 수 없어 카메라를 껐다. 얌전한 포르노는 성욕을 자극하지 못하듯이 식욕을 자극하기 위해 과장된 몸짓으로 먹는 행위에 주력했다. 그런데 조회 수가 올라가지 않았다. 식욕을 자극하는 음식 포르노는 실패였다. 연구 끝에 시도해 본 것은 먹는 소리였다. 마이크를 설치하고 수저질 소리와 씹는 소리를 담아 보았으나 조회 수는 올라가지 않았다. 예쁘고

세련된 음식에서 벗어나 나만의 식탁을 차린다는 콘셉트로 내 작품에 등장한 유명 브랜드 상품이 들어간 밥을 지었다. 나이키 영양밥은 표정 관리가 안 된 것 같았다. 식탁을 정리하고 돌솥에 나이키 영양밥을 안치고 다시 촬영 준비를 했다.

새로 차린 밥상에 폐차장에서 건진 롤스로이스 범퍼 밥을 올렸다. 범퍼를 분쇄하여 고운체로 걸러내는 과정은 편집할 수 있게 미리 찍어 두었다. 롤스로이스 범퍼 가루를 프라이팬에 살짝 볶았더니 붉은 기가 살짝 돌았다. 롤스로이스 범퍼 가루를 밥에 뿌렸다. 밥에 달라붙는 가루는 콩고물을 같기도 하고 색깔로 봐서는 커피 가루에 가까웠다. 먼저 담백한 맛을 즐기기 위해 아무 간을 하지 않고 롤스로이스 범퍼 밥을 한 숟갈 입에 넣고 우물거리면서 말했다.

“철저히 혼자였던 샌프란시스코 유학 시절에 러닝 차림으로 백인 기사가 딸린 롤스로이스를 타는 랩 가수를 만났습니다. 자신의 재능으로 백인의 주머니를 털어 백인을 부리는 모습을 보고 에너지를 얻었습니다. 역경을 이겨내기 위해 노력한다는 그의 랩을 따라 하면서부터 마리화나를 끊고 낮에는 캔버스에 그림을 그리고 밤에는 건물 벽에 그라피티를 했습니다."

잠시 카메라를 작업실 벽으로 돌려 내 작품들을 하나하나 클로즈업하면서 설명했다.

"내 작품에는 항상 포장하고 과장하는 사람들이 등장합니다. 먹는 행위를 통해 그들을 풍자합니다. 과시하는 현대인의 표현을 위해 빛의 삼원색 빨강, 초록, 파랑으로 만들어지는 색을 사용하고 검정 테두리 선으로 마무리합니다."

작품 소개를 끝내고 카메라를 밥상으로 돌려 녹화를 계속했다. 맛있는 표정, 신기해하는 표정을 지어야 하는데 그러지 못하고 입을 우물거리다 겨우 삼켰다.

나이키와 롤스로이드 촬영분을 확인했다. 표정이 굳어있었다. 밥그릇이 작아 보였다. 밥맛 나는 세상을 꿈꾸는 자의 밥그릇은 아니었다. 밥알에 윤기도 부족했다. 밥그릇을 큰 것으로 바꾸고 윤기 나는 밥을 위해 햅쌀을 꺼내 씻었다. 밥에 넣을 나이키 운동화 갑피 조각도 큰 것으로 골랐다. 밥을 안치고 카메라를 점검하며 '밥맛 나는 밥상'의 성공을 기원했다. 거울을 보며 맛있어 까무러칠 것 같은 표정을 연습해 보고 나이키 영양밥부터 다시 녹화했다.
"이 밥그릇은 조선시대 성인 남성의 밥그릇입니다. 당시에는 밥맛이 무척 좋았다고 합니다. 오늘은 밥맛을 잃은 여러분을 위해 나이키 영양밥을 먹어 보겠습니다."
나이키 한정판 운동화 갑피로 만든 조림 반찬통을 카메라 가까이 가져가서 보여줬다. 채 썰어 간장에 볶은 갑피가 서로 엉켜 꿈틀거리는 것 같았다. 손가락으로 몇 점을 집어 먹는데 밥솥에서 증기가 뿜어져 나왔다. 밥솥을 식탁으로 가져왔다 뜸을 들이는 동안 먹방을 시청하는 사람들이 내가 맛있게 먹는 모습을 보는 순간만큼이라도 힐링 되길 바랐다.
밥솥 뚜껑을 열었다. 뜨거운 김이 퍼졌다. 밥주걱으로 밥을 위아래로 잘 섞은 다음 밥그릇에 가득 펐다.
"유행한다고 건강에 좋다고 해서 무작정 먹지 마십시오, 자신만의 신념으로 밥상을 차리십시오."
윤기가 나는 밥알들이 뽀옥뽀옥 갓 낳은 알처럼 통통했다. 젓가락으로 나이키 로고를 골라낸 다음 밥 한 순갈을 떠서 그 위에 로고를 얹었다. 입을 크게 벌리고 한 순갈을 털어 넣고 입을 다물고 수저를 천천히 뽑아냈다. 눈을 지그시 감고 입을 천천히 오물거렸다.

"감미로움이 나를 사로잡습니다. 밥이 이렇게 맛있을 수 있을까요. 혀에서 피어난 기쁨이 온몸으로 퍼지는 중입니다. 모든 걱정이 한순간 사소하게 느껴집니다. 몇 번 씹지도 않았는데 밥이 녹아 넘어갔습니다."

수저로 김이 모락모락 나는 밥을 들어냈다. 뽀얀 밥알 사이에 박혀있던 나이키 한정판 운동화 갑피가 드러났다. 오그라든 갑피를 밥과 한입에 들어갈 크기로 뭉쳤다. 입을 벌려 밥덩이를 털어 넣었다. 나이키 한정판 운동화 갑피가 씹히는 순간 설익은 내장이 터진 느낌이었다. 눈을 질근 감고 혀를 굴려 꿀꺽 삼키자 온몸에 소름이 돋았다.

나이키 영양밥 녹화 분을 올리고 나서 조회 수를 확인해 보니 저번 루이뷔통 가방 손잡이 밥 때보다 더 떨어졌다. 도대체 원인을 알 수 없었다. 갑피를 잘라내서 샌들처럼 변한 나이키 한정판 운동화를 신고 저녁을 먹으러나갔다.

유명 레스토랑에 하루짜리 팝업스토어를 열렸다. 사람들

이 미국에서 건너온 한정판 햄버거를 먹기 위해 길게 줄 서 있었다. 나도 줄을 섰다. 수제 햄버거 250개 한정이었는데 다행히 햄버거를 사 먹을 수 있는 팔찌를 받아보니 아슬아슬하게 250번이었다. 너무 좋아서 팔찌 인증샷을 찍어 올리는데 사람들이 샌들로 변한 운동화를 보고 수군거렸다. 갑피가 다 찢겨나갔지만 나이키 한정판 디자인을 알아보는 모양이었다. 이번엔 갑피가 아니라 신발창으로 밥을 지어봐야겠다.

유용선

화 가 를 만 나 소 설 을 그 리 다

어릴 적부터 그림 그리기를 좋아했던 화가는 학창시절 힙합과 패션에 빠져 자신이 갖고 싶은 자동차, 시계, 신발 등을 그리며 독자적인 화풍을 키워갔다. 요리하는 것도 좋아하는 화가는 가끔 자신이 만들고 싶은 요리들을 레서피북에 그리다 작업방향을 찾게 된다. 올해 33살이 된 그는 여전히 그것들을 좋아하며 갖고 싶은 것들을 자신의 방식으로 요리하여 화폭에 옮기며 작가 생활을 이어가고 있다.

"어렸을 때부터 먹는다는 행위에 집착했어요. 먹는다는 것. 다가가기 쉽고 가장 손쉽게 스트레스를 풀 수 있는 방법이에요. 내가 부릴 수 있는 사치는 음식이죠. 가격대비 만만하니까요. 또 바로 채워지잖아요. 어느 순간 내가 많이 먹고 있더라고요. 외로울 때 참기 힘들 때. 사람만나는 것이 싫어질 때 더욱 그래요. 내 작품은 대중적인 코드, 풍자의 개념이 들어간 나의 이야기에요. 작품의 테마는 온갖 재료로 요리해서 먹는 방식에 관한 이야기죠. 햄버거가 주 소재로 등장하는데 미국 유학시절 흑인들의 돈을 의미하는 은어 빵, 치즈, 베이컨 이런 요소가 다 들어 있는 것이 햄버거가 와 닿았어요. 그런 상징을 표현하기 위해 상쾌한 느낌의 RGB컬러를 사용해요. 빛에 의한 색, 인상파의 기운을 가져오는 것이죠."

화 가 를 먹 는 소 년 을 그 리 다

Still life with Stingray and kitchen grater, 72.7×60.6, acrylic on canvas, 2020

Still life with customazed Samgyetang-soup, 53.0×65.1, acrylic on canvas, 2020

고기와 조미료가 있는 정물화, 90.9×72.7, 캔버스 위에 아크릴, 2018

Nedos hospitality, 72.7×60.6, acrylic on canvas, 2020

바다 생선과 음료가 있는 정물화, 90.9×72.7, 캔버스 위에 아크릴 물감, 2018

Still life with Chicago style streak And condiments, 65.1×53.0, acrylic on canvas, 2020

샤또 브리앙과 음료가 있는 정물화, 72.7×60.6, 캔버스 위에 아크릴 물감, 2018

la nascita di venere, 112.0×145.5, acrylic on canvas, 2018

내 안의 뱀인형 _ 화가 전희경 이야기

화가 전희경 이야기

네 번의 허물을 벗자 날개가 돋아났다. 아직 마르지 않은 날개를 퍼덕이며 하늘로 올랐다. 아무리 몸부림쳐도 구름 위였다. 더 높이 올라가려고 날갯짓을 해댔다. 구름만 바람에 휩쓸릴 뿐 더 오르지는 못했다. 여의주가 없으면 가벼워 높이 오를 수 있을 것 같았다. 날갯짓을 계속해대자 구름이 저희끼리 얽히고설켜 대기의 물기를 빨아들였다. 밤이 되자 구름은 뒤뚱거리며 사리어 뭉친 물기를 밤새도록 발산했다.

날이 밝아오자 구름은 사라졌다. 햇볕이 따가워 땅으로 내려왔다. 처마 홈통을 타고 내려가는 빗물 소리가 멈췄다. 그녀는 작업실 창을 열고 천천히 숨을 들이마시고 내쉬었다. 땅에서는 비릿한 향이 대기에는 바짝 타들어 간 숯의 향이 났다. 물방울의 세례를 받은 도로는 매끄러웠다. 멀리 보이는 산자락의 우듬지가 성큼 자라 산이 가깝게 느껴

내 안의 뱀 인형

졌다. 항상 비가 오고 나면 그녀는 부쩍 자랐다. 햇살이 구름 사이로 삐져나왔다. 바닥에 점점이 떨어지던 햇살이 퍼지더니 사방을 온통 뒤덮은 물방울 위로 쏟아져 내렸다. 바람이 햇살을 가로질렀다. 밤새 몰아치던 비바람과 달리 땅의 바람은 상쾌했다. 그녀는 들뜬 표정이었다. 기다렸다는 듯이 캔버스를 짜고 남은 길쭉한 자투리 천을 펼치고 붓을 잡았다. 그녀의 붓은 저절로 움직이는 듯했다. 붓이 상쾌한 바람을 타고 물감을 휘갈기고 덧칠했다. 기교 부릴 틈도 없이 그녀의 마음을 따라 붓이 움직였다. 캔버스에 펼쳐지는 이미지는 언젠가 그녀와 함께 가서 봤던 산과 물이었다. 붓이 저절로 물감과 춤을 추기 시작했다. 그녀는 눈을 감고 온몸의 세포를 다해 흥거움에 몸을 맡겼다. 땀이 비 오듯 쏟아지고 나자 고요하고 평온한 상태가 되었다. 그녀는 그림을 그리면서 깊숙한 내면으로 들어갔다.

오래전 그녀는 나를 창조하느라 길게 뻗은 구름이 밀려오는 것을 몰랐다. 그녀가 지점토로 나의 형상을 완성하자 순식간에 암흑이 찾아오고 비가 쏟아졌다. 그녀는 아직 단단하게 굳지 않은 나를 안고 커튼을 젖히듯이 빗줄기를 가르고 안으로 들어갔다. 빗소리가 점점 약해지더니 시간이 멈춘 듯 고요해졌다. 그곳은 촉촉한 물방울을 머금은 숲이었다. 그녀는 숨에서 나에게 입김을 불어 넣었다. 그녀와 나는 하나가 되었다. 생명을 얻은 나는 그녀 발 가까이에서 갈피를 잡지 못하고 방황했다. 머리는 그녀의 얼굴을 닮았고 몸은 팔다리가 없는 뱀이었다. 힘겹게 나뭇가지를 넘던 나는 눈을 끔벅이며 그녀를 올려다봤다. 그녀는 방금 허물을 벗은 나의 촉촉한 피부를 매만져 주었다. 나의 모습은 사람에게서 뱀으로 또는 뱀에서 사람으로 가는 혼돈의 상태였고 이러지도 저러지도 못하는 그녀의 현실이었다. 그녀는 자신의 처지를 상징적으로 표현한 나의 친구들을 더 만들었다.

그녀는 내가 태어난 지 얼마 지나지 않아 나와 친구들의 몸에 숲의 색을 입히고 꽃을 그려 첫 개인전을 열었다. 우리는 전시장 유리 받침대에서 스폿 조명을 받으며 사람들의 시선을 만끽했다. 사람들은 머리는 사람이고 몸은 팔다리가 없는 뱀 같은 우리를 보고 감탄했다. 그녀는 사람들이 우리를 예쁘게 보면 볼수록 실망했다. 우리를 현실 공간에 내 놓으면서 하고 싶은 말이 있었던 모양이었다. 전시회가 끝나자 그녀는 나를 작업실 창틀에 올려놓고 매일 나의 눈으로 창밖을 바라보면서 골똘히 생각에 빠졌다. 내가 창가에서 첫 허물을 벗자 그녀는 잠시 접어 두었던 캔버스를 꺼내서 창밖을 바라보는 나를 그림으로 그려보았다. 나는 캔버스로 옮겨져 혼자 큰 화면을 짊어지고 가야 했다. 그녀는 내가 힘겨워 보였는지 나를 캔버스에서 빼내고 배경만 남기더니 한동안 배경만 가지고 이야기를 끌고 가기 시작했다. 그녀가 배경만으로 표현하는 현실 공간은 도시의 풍경이었다. 그녀는 얼마 지나지 않아 삭막한 도시의 풍경이 싫증났는지 도시의 직선적인 요소를 빼고 동그란 이미지를 수없이 겹쳐 도시의 다양한 욕망이 혼재된 공간을 그렸다. 그곳은 내가 태어난 날 그녀가 나를 안고 갔던 촉촉한 숲속 같기도 했고 그녀의 새로운 휴식 공간 같기도 했다. 그녀는 그 공간을 붓으로 뭉개고 해체하면서 엄폐하는 것 같았다. 그녀가 그곳에 들어가면 사람들은 절대 찾지 못할 것 같았다. 그녀는 자유분방한 붓질로 자신의 공간을 위장했지만 나는 그녀가 그곳에 편안한 둥지를 만들고 있다는 것을 눈치챘다. 그녀의 캔버스엔 자연의 색, 자연의 이미지들이 뱀처럼 기어 다니기 시작했다. 그녀는 매일 붓을 잡고 숲을 걷어내고 안식의 공간으로 들어가 입구를 막고 편하게 쉬다가 나왔다. 맑은 눈을 가진 사람들은 그녀를 찾아 숲의 입구를 서성거리다가 그녀가 편하게 쉬고 있는 모습을 발견하기도 했다.

그녀는 휴식을 끝내고 안식의 공간에서 나와 밖으로 나갔다. 비가 그치면 언제나 나를 안고 촉촉한 나뭇잎을 스치며 공원의 작은 숲으로 갔다. 이미지를 낯설게 기록하면서. 눈으로 볼 수 없는 요소들까지 섭취하며 생각에 빠졌다. 그녀는 내가 무거웠는지 나를 작은 숲이 우거진 공원에 내려놓았다. 세 번째 허물을 벗자 내 몸집은 한 손에 잡을 수 없을 정도로 성큼 자랐고 몸의 얼룩무늬도 늘어났다. 나는 감춰 접어두었던 네 개의 다리로 숲을 거침없이 가로질렀다. 그녀가 나를 쫓아왔으나 쉽게 따라붙지 못했다. 나는 뒤를 돌아보며 그녀를 기다려주다가 가까이 오면 또 달아났다. 그녀는 나를 잡는 것을 포기하고 작업실로 들어갔다. 나는 그녀의 품을 떠나기로 했다. 그녀가 나를 그리워하며 숲을 헤맬지도 모르지만 그녀를 위해 멀리 떨어져 그녀를 지켜보기로 했다.

작업실에 들어간 그녀는 캔버스를 짜고 남은 길쭉한 자투리 천에 작업 중이던 그림을 세로로 돌려 보았다. 가로였을 때보다 더 생동감이 있었다. 그녀는 팔을 걷어붙이고 덧칠하고 닦아내다 뒤로 물러나서 그림을 감상했다. 자유분방한 붓질들은 한 폭의 풍경을 형성하고 있었다. 산이 솟아있고 물이 흐르는 느낌이 나쁘지 않았다. 그녀는 붓에 흰색 아크릴 물감을 잔뜩 묻혀 숲을 가로지르던 녀석의 궤적을 떠올리며 짓이기듯 그어 내렸다. 바람이 불었다. 물방울이 튀었다. 절벽에서 떨어지는 물줄기가 세상을 삼켜버릴 것 같았다.

사람들은 그녀의 자유분방한 붓 터치가 만들어낸 풍경을 보고 동양의 산수화 같다고 했다. 비평가들은 풍경을 추상화시킨 낯선 이미지 안에다 유토피아를 만들고 있다고 했다. 사람들은 그녀가 만든 안식의 공간을 유토피아라고 했다. 그녀는 자신이 만든 안식의 공간을 활짝 열어 사람들을 초대했다. 나는 그녀가 유토피아를 표현하지 않고도 유토피아를 창조한 것이 놀랍고 대견했다. 이제 나는 그녀의 여의주를 훔쳐 하늘로 올라갈 생각에 설렜다.
그녀가 나를 세상에 내보냈을 때와는 완전히 다른 상황이었다.
사람들은 그녀의 모든 작품에서 자신이 꿈꾸는 유토피아

를 찾기 시작했다. 나는 그녀의 여의주를 훔치기 위해 사람들을 따라 유토피아를 돌아다녔다. 그런데 아무리 뒤져보아도 여의주는 보이지 않았다. 여의주는 그녀의 또 다른 안식의 공간에 감춰져 있는 것 같았다. 숨죽이고 그녀의 뒤를 밟았다. 그녀의 안식 공간에 등장하는 산과 물 그리고 바다 등의 자연적 요소에 눈을 떼지 않았다. 요즘 캔버스에 새로 등장한 것이 있다. 음기 가득한 밤의 공간에 달이 나타났다. 이번엔 달에 어떤 공간을 창조하려는 것일까.

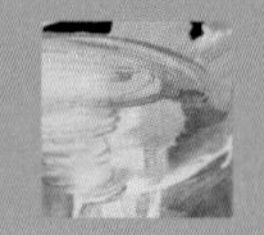   

전희경

화 가 를 만 나 소 설 을 그 리 다

2006년 첫 개인전의 모티브는 개인적 현실과 이상의 괴리였다. 자신의 모습을 상징하는 오브제에서 회화로의 확장을 거쳐 10여년을 지속했다. 2015년부터는 그 괴리감 사이의 존재하는 가상의 공간을 탐구하고, 이를 추상적 언어로 표현하고 있다. 그림을 그리는 과정에서 그 공간속으로 들어가거나, 자유롭게 유영하는 쾌감을 느끼기도 하지만, 결국 돌아와 있는 곳은 현실이라는 사실을 담담하게 받아드리고 현재 경기창작센터 입주작가로 활동하고 있다. 2018 신한갤러리 역삼 〈바람이 구름을 걷어버리듯〉, 2015 이랜드스페이스 〈정신의 향연〉, 2014 겸재정선미술관 〈당신은 어디에 있습니까〉 네이버 '헬로우아티스트(2015)선정. 에트로미술상(2015) 은상, 겸재정선미술관(2013) '내일의 작가' 대상.

   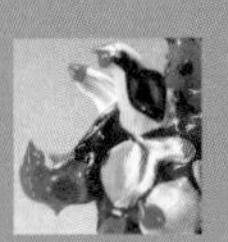

"사전적 의미의 유토피아를 그리진 않아요. 구도적인 면에서 그렇게 보이는 것 같아요. 유토피아가 아니라 제3의 공간이에요. 내 작품에 등장하는 물리적 공간, 부피가 있는 공간을 보고 사람들은 산수화를 떠올리곤 하죠. 강이나 산을 직접적으로 표현하지 않았는데 사람들이 그렇게 느끼는 것은 그 사람의 도피처가 그곳이기 때문이겠죠. 나는 현실의 도피처를 찾기 위해 그림을 그려요. 도피처가 상징하는 것이 꼭 이상향은 아니에요. 도피처는 안식의 공간이라 그곳에 가면 정적이 흐르기 때문에 편안해요. 그러나 도피처의 정적은 지속되지 않아요. 정적이 사라지기 전에 빠져 나와 현실로 돌아오죠. 이러한 과정이 삶인 것 같아요."

인터뷰

  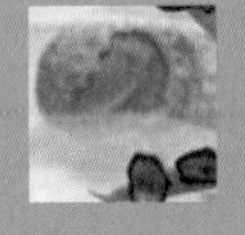

본래 있던 자리, 50×65cm 캔버스에 아크릴릭, 색연필, 2017
Tentacled desire, 100×100cm, 인화지에 아크릴릭, 2008 _ **오른쪽 페이지 상**
공기에 대한 연구, 110×110cm, 캔버스에 아크릴릭, 2019 _ **오른쪽 페이지 중**
이상적 고요 5, 150×150cm, 캔버스에 아크릴릭, 2017 _ **오른쪽 페이지 하**

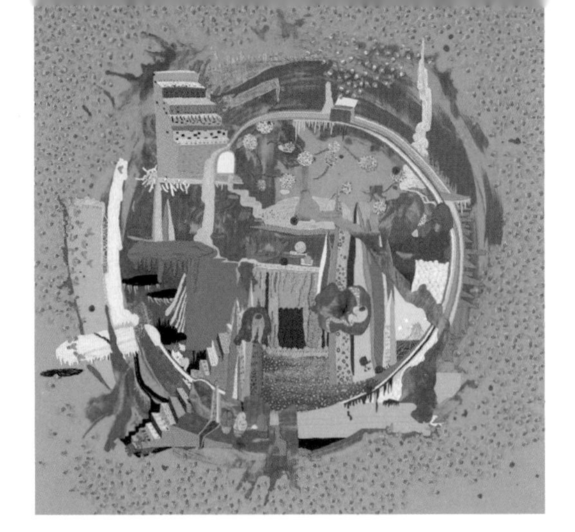

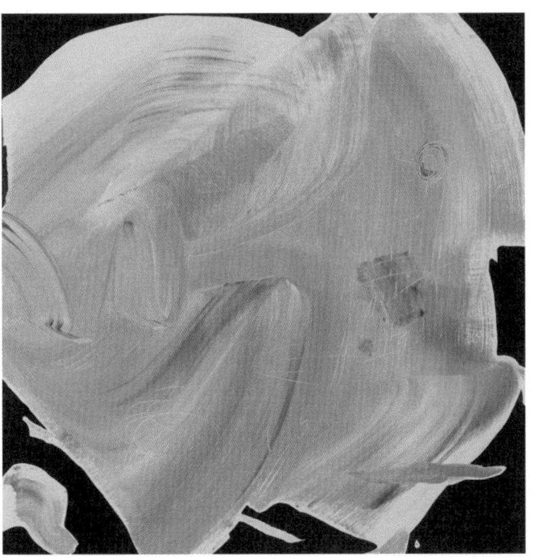

'-살이' 정경 1, 116×91cm, 합성피혁에 아크릴, 2011

솟아나고 자리잡고 뒤틀리거나 사라져가는, 227×363cm, 캔버스에 아크릴릭, 2019

뜨거운 해가 저물고, 어둠이 뒤덮힌 밤, 91×116cm, 캔버스스에 아크릴릭, 2017

변질된 그것, 혼합재료, 4×8×3 cm, 2006

변질된 그것, 혼합재료, 15×10×8cm, 2006

'살이' 정경: 의지, 겹침, 허함, 죽음, 확장, 232×91cm, 합성피혁에 아크릴, 2010

Desire of Growing Stimuli(series), 8×8×7cm, 혼합재료, 2006

키 키 의 체 온 _ 화 가 서 정 배 이 야 기

화가 서정배 이야기

아침 햇살이 흐릿하게 스며든 캔버스가 울렁이며 푸른빛을 반사했다. 그림의 배경은 조명이 꺼진 연극무대 같았다. 진청색 커튼 하나만 드리운 무대는 단조롭지만 청색과 검정으로 이어지는 색이 겹겹이 칠해져 무대의 깊이를 알 수 없었다. 무대 한가운데 누워있던 키키가 일어났다. 키키는 밝음이 눈에 익기를 기다렸다. 햇살이 부드럽게 키키의 온몸을 감싸 안자 그림의 무대에 조명이 들어온 것 같았다. 실오라기 하나 걸치지 않은 키키의 피부는 투명할 정도로 하얬다.

다. 키키를 창조한 그녀는 키키에게 어떤 옷을 입힐까 고민 중이다. 그녀가 아주 오랫동안 작품을 붙잡는 바람에 키키는 계속 변신 중이다. 키키는 봉긋한 가슴도 없고 잘록한 허리도 아니다. 다만 긴 머리카락과 생김새가 그녀를 닮아 키키도 여자라고 추측할 뿐이다. 키키는 그녀가 자신

키키의 체온

의 감정을 표현하는 도구로 창조한 캐릭터다.
밝음이 눈에 익은 키키는 조심스럽게 발을 뻗어 캔버스를 빠져나와 바닥을 디디고 섰다. 태어나서 바깥세상으로 첫 외출이었다. 맞은편 방 그녀의 침실에서 발소리가 무겁게 다가왔다가 멀어졌다. 깜짝 놀라 캔버스 뒤에 숨었던 키키는 고개를 내밀고 그림 속에서 바라봤던 팔레트에 가득한 검은 담즙을 손가락으로 찍어 보았다. 유동하지 않고 형태를 유지하는 검은 담즙은 끈적끈적했다. 검은 담즙은 그녀가 그림을 그리면서 꼬리를 물고 이어지는 의식의 흐름에 빠질 때 생성되는 감정을 숙성 시켜 만들었다. 여러 가지의 감정 중에 우울함이 주성분이었다. 그녀는 검은 담즙에 물감을 섞어 키키를 창조했다.
키키는 그녀의 작업실과 자신의 무대인 짙푸른 정적이 흐르는 그림 속이 더할 나위 없이 편안했다. 그림이 완성되어 누군가에게 넘어간다면 이런 평온한 시간은 사라질 것 같아 키키는 그녀가 원하는 대로 따라주지 않았다. 맞은편 방에서 물건이 떨어지는 요란한 소리가 났다. 키키는 작업실을 빠져나가 그녀의 침실로 숨어들었다.

키키는 뜨겁던 겨울 아침에 떠난 멜랑꼴리를 떠올렸다. 그녀의 우울한 감정이 숙성되어 검은 담즙이 되고 검은 담즙이 딱딱하게 굳으면 멜랑꼴리가 되었다. 그렇게 만들어진 멜랑꼴리는 농도에 따라 화병의 꽃처럼 며칠간 머물기도 했고 반려동물처럼 오랜 시간 머물기도 했다. 어떤 멜랑꼴리는 고양이처럼 집을 나갔다가 집을 찾아오지 못하기도 했다. 그럴 때면 그녀는 아주 오랫동안 의식의 흐름에 빠져 헤어나오지 못했다.

그녀는 자신을 오랫동안 맴돌던 멜랑꼴리를 그림으로 표현하는 과정에서 갈등을 빚었다. 그녀가 오랜 습작을 통해 느낌과 감정을 표현하는 것을 터득하자 멜랑꼴리는 자신이 드러나는 것이 싫었다. 멜랑꼴리는 키키를 통해 자신이 구체화 되는 것을 보다가 말했다.

“나를 활활 태울수록 작품은 좋아지지만 나는 금방 재가 될 거야."

그녀에게 있어 연인 같던 멜랑꼴리가 떠난 겨울 아침은 키키의 얼굴보다 환했다. 겨울이 가고 봄이 왔다. 그녀는 겨울을 보내는 동안 계속 소화불량이었다. 그녀는 봄 햇살 환한 아침에 일어나 침대 시트의 네 귀퉁이를 벗겼다. 멜랑꼴리와 같이 사용했던 침대 시트로 멜랑꼴리의 체취가 묻은 물건을 싸서 버리기로 마음먹었다. 멜랑꼴리의 물건을 전부 침대 위에 올렸다. 침대 시트로 멜랑꼴리의 물건을 싸기 전에 멜랑꼴리의 물건을 한참 바라봤다. 함부로 엉켜있는 멜랑꼴리의 물건들을 다시 차곡차곡 정리했다. 멜랑꼴리는 많은 흔적과 물건을 남기고 떠났다. 멜랑꼴리가 벽에 그린 낙서를 따라가다 발견한 티셔츠는 옷장과 벽 사이에 끼어 있었다. 찌그러진 모자, 외출할 때도 입고 잠잘 때도 입었던 멜랑꼴리의 운동복은 옷장 깊숙이 박혀 있었다. 소파에 누워 멜랑꼴리와 티브이를 볼 때 사용하던 쿠션도 침대에 올렸다. 온 집 안을 뒤졌다. 멜랑꼴리의 물건이 침대 가득했다. 그녀는 침대 시트의 네 귀퉁이가 서로 크로스가 되도록 묶었다.

연인 같던 멜랑꼴리가 떠난 날은 뜨거웠다. 바짝 마른 겨울 낮을 태웠다. 겨울 낮은 빨리 탔다. 타오른 낮은 새까만 숯이 되었다. 그날 밤엔 숯이 된 낮을 태웠다. 그녀의 새카만 가슴이 벌겋게 타올랐다. 그녀는 아침이 돼서야 재가 된 가슴을 안고 침대에 쓰러졌다.

침대 시트로 싼 묵직한 보따리는 멜랑꼴리의 물건을 포근히 안고 있었다. 그녀는 보따리를 안고 밖으로 나갔다. 키키는 그녀의 그림자를 밟지 않게 조심하며 따라갔다. 그녀는 아파트 의류 수거함 앞으로 다가갔다. 보따리를 들어 올리는 순간 보따리에서 따뜻한 온기를 느꼈다. 그녀는 도저히 보따리를 시커먼 구멍으로 밀어 넣을 수 없었다. 보따리를 안고 아파트 단지를 빠져나갔다. 사람들은 모두 걷거나 뛰고 있었다. 모두 갈 곳이 있는 것 같았지만 그녀는 어디로 가야 할지 몰랐다. 보따리를 안고 무작정 걸었다. 걷다가 지치면 보따리를 깔고 앉아서 쉬었다. 보따리는 안락의자 같았다.

봄이 왔지만 바람은 여전히 찼다. 어느새 그녀는 보따리를 안지 않고 한쪽 손으로 들고 걷고 있었다. 보따리를 잡은 손이 시려 보따리를 다른 손으로 바꿔 들었다. 멜랑꼴리는 그녀와 밖에 나가면 항상 그녀에게 손을 잡아 달라고 졸랐다. 그녀는 보따리의 매듭이 멜랑꼴리의 손이라고 생각하고 걸었다. 걷는 동안 보따리는 점점 무거워졌다.
그녀는 아파트 단지로 들어와 의류 수거함 앞으로 갔다. 날이 저물어 아파트 창문이 노랗게 피어나고 있었다. 그녀는 자신이 사는 집을 올려다보았다. 순간 누런 불빛이 태양처럼 환해져서 멜랑꼴리가 돌아온 것 같은 착각에 빠져 한참 불빛을 바라보았다. 멜랑꼴리의 불빛이 아니었다. 옆집의 불빛이었다. 스스로 빛을 내는 멜랑꼴리가 없는데 집의 창이 빛 날 리 없었다.
그녀는 다시 보따리를 안고 의류 수거함 앞에 섰다. 천천히 보따리를 들어 시커먼 구멍으로 밀어 넣었다. 보따리는 잘 들어가지 않았다. 보따리를 뽑아서 내려놓고 매듭을 풀기로 했다. 온종일 들고 다닌 보따리의 단단한 매듭은 풀리지 않았다. 손끝에 힘이 없어 매듭을 이로 물어뜯듯이 풀었다. 하나의 매듭은 수월하게 풀렸지만 또 하나의 매듭은 쉽게 풀리지 않았다. 하나의 매듭은 멜랑꼴리와의 만남처럼 쉽게 풀렸고 또 하나의 매듭은 이별처럼 힘겨웠다.
땅에 침대 시트를 펼쳐놓고 멜랑꼴리의 물건을 하나씩 시커먼 구멍으로 빠뜨렸다. 의류 수거함은 텅 비어 있었다. 쿠션이 바닥에 떨어지자 의류 수거함이 울렸다. 단추가 철판을 쓸고 내려가는 소리가 들렸다. 그녀의 가슴은 더 답답해졌다. 빈손으로 아파트 현관으로 걸어가는데 따뜻한 바람이 불었다. 하얀 꽃잎이 날렸다. 그녀는 내년 봄이 오기 전에 이번엔 온기가 없는 싸늘한 멜랑꼴리를 만들어야

겠다고 마음먹었다. 그러면 조금씩 온기를 주면서 오래 머물러 있게 할 수 있을 것 같았다. 그녀는 집에 들어와 침대에 누웠다. 침대는 차가웠다. 이불을 올려 덮고 몸을 웅크렸다. 눈을 감았는데 묵직한 것이 가슴속에 차올랐다. 뜨거운 덩어리였다. 가슴은 뜨거운데 온몸이 바르르 떨리고 이가 서로 맞부딪쳤다. 키키는 그녀가 안쓰러워 이불을 살짝 들치고 들어가 그녀를 뒤에서 안고 말했다.

"걱정하지 마, 내가 있잖아."

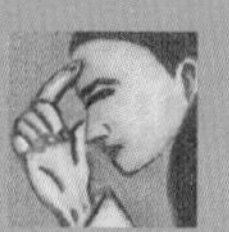

서정배

우리는 일상을 살아가면서 누구든 '감정'을 느끼며 살아간다. 행복이나 기쁨의 감정도 느끼지만, 대부분은 '담담한' 감정 속에서 일상을 산다. 그리고, 그 담담한 감정 속에는 때때로 원인을 알 수 없는 우울, 멜랑꼴리, 외로움과 같은 감정을 느끼기도 한다. 일상을 살아가면서, 이와 같은 감정에 더 주목하는 것은 우주의 원리에서 보면 '먼지'같은 '내'가 매순간 삶을 살아내며 존재하는 것을 확인하고, 자각하는 방법이라고 생각한다. 이처럼 누군가가 보면 '아무것도 아닌 것, 아무것도 아닌 감정'에 관심이 있다.

건국대학교와 성신여자대학교 조형대학원에서 동양화를 전공하고 졸업한 후. 2000년 프랑스로 유학을 떠나, 파리 1대학(Pantheon-Sorbonne) 조형예술학과(Arts Plastiques)에서 석사, DEA와 박사를 졸업하였다. 2019년 경기도 광주의 영은미술관에서 개인전이 있기까지 서울, 청주, 대전, 일본, 미국(LA), 파리에서 다수의 단체전과 11회 개인전을 열었으며 비엔날레, 레지던시 프로그램에 참여 하였다.

"작품에 등장하는 '키키'는 사소하며 특별하지 않은 나의 감정을 객관적으로 보여주기 위한 캐릭터이다. 감정을 그리며 감정의 역사를 쓰고 싶었다. 내 작품을 보면 사람은 무수한 감정을 느끼고 산다는 것을 알 수 있을 것이다. 요즘 작품에 자주 등장하는 것은 슬픔과 우울이다. 어쩌면 슬픔과 우울에서 벗어나고자 그림을 그리는지도 모른다. 내가 이야기하는 슬픔은 드라마틱한 감정이 아니다. 일상에서 이상하게 느끼는 우울한 기분이다. 괜찮은 줄 알았는데 갑자기 다가오는 우울함이다. 우리의 감정이 우울하게 발화하는 것은 계기, 사건이 있어서가 아니다. 잠자고 있던 엣 경험이 부지부식 간에 튀어나오는 것이다. 그런데 이런 깔려 있는 원인 같은 요소를 화면에 표현하지는 않는다. 감정이 올라온 상태를 그리는 것이다. 그렇게 끊임없이 다가왔다 사리지는 감정의 흐름을 '키키'를 통해 표현한다."

위대한 혼자-N607, 90.9×61cm, 캔버스 위에 유채, 2018

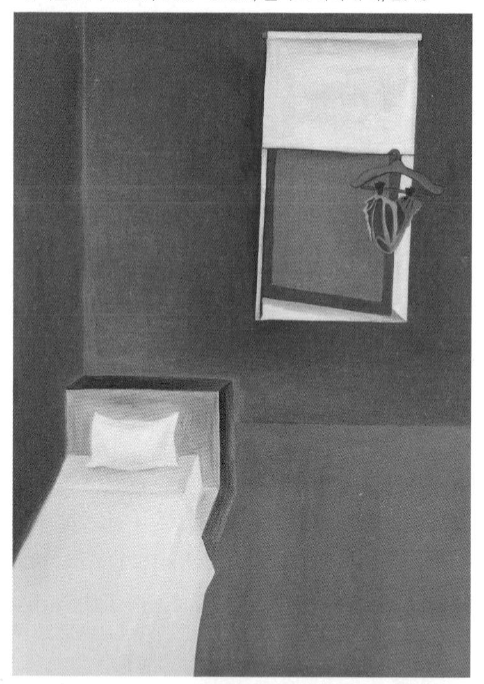

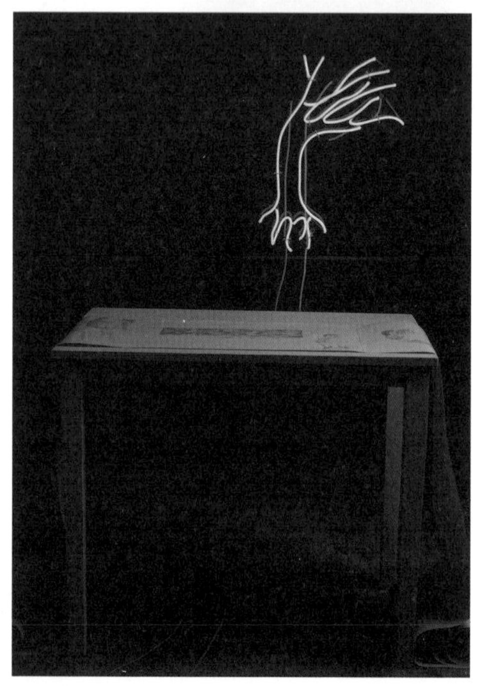

4월 다시 4월, 네온, 연필위에 드로잉, 책상, 가변설치, 2018

쉬지 않는 노래, 부분

내가 지금 무엇을 할 수 있을까, 40×40cm, 캔버스에 유채, 2019_위좌
내가 지금 무엇을 할 수 있을까, 35×35cm, 캔버스에 유채, 2019_위우

Love Song, 부분

Listen, 143×300cm, 캔버스에 유채, 2019, 부분

의식하는 것과 하지 못하는 것, 91×116cm, 종이 위에 잉크펜, 펜, 먹, 2014

신문팔이소녀 _ 화가연미이야기

화가 연미 이야기

소녀는 오늘도 신문 한 다발을 들고 나타났습니다. 노인은 오늘도 빳빳하게 다린 옷을 차려입었습니다. 30년 넘게 고위 공무원으로 일한 애국자인 노인은 퇴직하고 제주도로 와서 집을 새로 지었습니다. 노인의 거실 장식장엔 표창장, 감사패와 트로피 그리고 몇 해 전 위암으로 죽은 아내의 사진이 있습니다. 입맛을 잃은 노인은 육지에서 떨어져 있는 고립감과 외로움에 신문을 많이 붑니다. 소녀는 노인을 위해 매일 새로운 신문 요리를 합니다.
소녀는 주방에 재료를 늘어놓고 종이신문 쌈 요리를 시작했습니다. 노인은 직접 손으로 휠체어 바퀴를 굴려 식탁 앞까지 다가왔습니다. 오늘은 살비듬 냄새를 감추려고 진한 향수를 쓴 모양입니다. 소녀는 향수와 신문의 인쇄잉크 냄새가 섞여 생목이 잡혔습니다. 요리할 때 옆에서 자꾸 참견하면 집중할 수가 없지만 노인의 입맛이 바로 잡힐 때

신문팔이 소녀

까지 싫은 내색을 하지 않기로 했습니다.
“오늘 재료가 뭐지?”
“지역 신문과 중앙지이에요.”
노화로 수정체가 뿌옇게 흐려진 노인은 목을 길게 빼고 도마에 놓인 신문을 훑어보더니 만족스러운 표정을 지었습니다.
“내가 좋아하는 보수 신문들이군.”
“좋아하시는 거로 준비했지만 이런 신문들은 이미지가 크고 감정선을 건드리기 때문에 건강에 안 좋아요.”
“살면 얼마나 산다고, 먹고 싶은 거 먹다 가야지.”
소녀는 먼저 중앙지를 소리 나게 펼친 다음 가위로 다듬으며 말했습니다.
“신문은 자체로 미학적인 예술품이에요. 요즘, 신문을 하나하나 꼼꼼히 읽는 사람은 찾아보기 힘들어요. 신문은 보는 것이기에 배치의 미학으로 사람에게 감정적 영향을 줘요."

노인은 고개를 끄떡이며 소녀의 뒷모습을 뚫어지라 쳐다봤습니다. 소녀는 노인의 미각을 자극하기 위해 신문의 이미지를 활용해서 맛을 내기로 했습니다. 이미지는 찍는 각도에 따라 부풀려지거나 중요한 사실이 노출되지 않을 수도 있습니다. 오늘 조간신문의 이미지는 사건의 맥락과 상관없이 자극적이었습니다. 이렇게 자극적이면 깊은 맛을 내기 힘듭니다. 소녀는 깊은 맛을 위해 이미지를 진간장으로 덧칠했습니다. 어느 것은 아무것도 안 보일 정도로 새까맣게 또 어느 것은 진간장을 묽게 해서 윤곽이 살짝 드러나게 칠했습니다. 살짝 가려진 이미지는 감칠맛을 내면서 노인의 상상력을 자극할 것입니다.

소녀는 진간장으로 이미지를 지운 신문 조각을 말리기 위해 주방의 창을 열었습니다. 백사장에 시커먼 현무암이 이끼처럼 돋아난 김녕 해변이 펼쳐졌습니다. 이곳은 언제 봐도 한산한 바닷가입니다. 마음이 들어설 여백이 있어 소녀가 제일 마음에 드는 해변입니다. 창가에 진간장으로 덧칠한 신문조각을 늘어놓고 이번에는 지역신문을 다듬었습니다. 기사와 상관없이 이미지들을 손으로 뜯어내서 모았습니다. 소녀는 요리하면서 요즘 우리가 겪는 문제들이 무엇인지, 어떤 사안을 심각하게 다루는지 알 수 있었습니다. 뜯어낸 이미지들은 밥을 싸서 먹을 때의 식감을 위해 살짝 데쳐 얼음물에 식혔습니다. 된장과 갈치속젓을 섞어 쌈장을 만들었습니다. 이미지를 오려낸 구멍 난 신문 한 장을 잘게 찢은 다음 밀가루 반죽에 넣었습니다. 반죽으로 만두피를 만들고 제주 흑돼지로 만든 소를 넣어 납작하게 만두를 빚어 삶았습니다. 소녀는 햅쌀을 씻어 밥솥에 안치고 창가에 앉아 땀을 닦았습니다.

"솜씨가 좋은데 식당 차릴 생각은 없나?"

"이동 가판대를 만들어 신문 요리를 팔고 있어요."

"노점상이로군. 내가 투자 좀 해줄까?"

"필요 없어요. 어디든 갈 수 있는 가판대가 좋아요."

"메뉴는? 잘 팔리나?"

"내 시각으로 재구성한 신문을 팔아요. 제법 나가는 편이죠."

진간장으로 지운 이미지들이 바닷바람에 다 말랐습니다. 들기름을 살짝 발라 석쇠에 끼워 가스 불에 슬쩍 굽자 노인이 다가와 거북이처럼 고개를 내밀고 코를 벌름거렸습니다. 그럴 땐 소녀의 땀 냄새를 음미하는 것인지 음식의 맛을 가늠하는 것인지 알 수 없습니다.
"아직 멀었나?"
"오늘따라 보채시네요?"
노인이 거북이처럼 고개를 내밀어서 소녀는 마음이 바빠졌습니다. 그릇을 꺼내서 구운 이미지들을 가지런히 담았습니다. 삶은 만두는 종이신문 쌈과 어울리지 않는 것 같아서 냉동해 두었다가 다음에 내기로 했습니다. 밥상을 차리고 나자 밥상이 단출한 것 같아 신문 겉절이를 추가했습니다. 남은 신문을 펼쳐 헤드라인과 기사의 문자를 변형했습니다. 이번엔 춘장을 붓으로 찍어 문자에 사선을 긋고 기호 안을 채웠습니다. 그러자 상형문자 같기도 하고 아랍문자처럼 변했습니다. 기사의 사진을 보고 벌어진 사건을 대략 추측할 수는 있지만 이상한 문자로 인해 끔찍한 사건도 다른 나라의 일처럼 멀게 느껴졌습니다. 문자를 변형한 신문을 손으로 먹기 좋은 크기로 찢었습니다. 겉절이의 매콤한 감칠맛을 위해 당근과 양파를 잘게 잘라 넣고 고춧가루, 액젓, 식초, 매실 진액, 설탕, 다진 마늘, 참기름으로 양념을 만들어 무치고 나서 통깨를 뿌렸습니다. 소녀는 겉절이를 집어 맛을 보고는 고개를 가로저었습니다. 신문의 진실한 맛을 우려내려고 했는데 양념이 지나쳤나 봅니다. 그래도 양념 맛은 예술입니다. 예술적인 맛을 내는 신문들이 있습니다. 그런 신문들은 기사에 양념을 치듯이 매일 공들여 조작 재생산하니 예술적인 맛이 날 수밖에 없습니다. 소녀는 양념을 약하게 하려고 손질하지 않은 신문을 잘라서 겉절이에 더 넣었습니다.

신문이 제공하는 대중적 정보는 삶의 본질을 꿰뚫는 맛을 내는 향신료입니다. 그러나 이 맛을 아무나 느낄 수는 없습니다. 정보를 되짚어보고 분석하고 편집해야만 느낄 수 있는 깊은 맛입니다. 소녀는 겉절이를 그릇에 담고 밥상을 차렸습니다.

“식사하세요.”

노인은 먼저 진간장으로 이미지를 지운 신문 조각에 뜨끈

뜨끈한 밥을 싸서 입에 넣었습니다. 틀니가 바삭한 신문을 짓이기는 소리가 났습니다. 노인은 눈을 감고 입을 오물거렸습니다. 소녀가 노인에게 다가가 물었습니다.

"맛이 어떠세요?"

"몸에는 좋은가, 영양가가 있냐 말이야?

"오늘 1면이네요. 꼭꼭 씹어 드세요."

"조금 질긴데 맛은 있네!"

"내일은 묵은 신문이 들어간 갈치조림 해드릴게요."

입을 오물거리면서 소녀를 노려보는 노인의 눈빛이 변했습니다. 소녀는 노인의 혼탁하던 수정체가 맑게 빛나 눈을 마주칠 수 없었습니다.

소녀는 다용도실에 쌓인 지역신문 중에 밑 부분을 뽑아 왔습니다. 퀴퀴한 냄새가 나는 지역 신문은 누렇게 갈변해 있었습니다. 소녀는 신문에 코를 대고 킁킁거렸습니다.

"제주의 구수한 맛이 날 것 같아요."

"신문은 버릴 게 없어."

"그러게요, 신문은 참 다양하게 쓰여요. 테러리스트가 인질의 몸값을 요구할 때 증거로 사용하기도 하잖아요."

"신문이 사라질까 봐 걱정이야."

"사라지기 전에 많이 드세요."

소녀는 갈변한 신문을 씻어 물기를 짠 다음 냉장고에 넣었습니다. 노인은 점심을 남김없이 해치웠습니다. 소녀가 식탁을 치우고 퇴근 준비를 하는데 노인이 봉투를 건넸습니다. 벌써 한 달이 지났습니다. 소녀는 출장 요리를 시작하면서 노인이 주체적인 맛을 알게 되길 바랐습니다. 노인이 신문 요리를 조금만 더 먹으면 입맛이 살아날지도 모릅니다. 소녀가 매일 신문 요리를 하는 것은 돈 때문만은 아닙니다. 노인에게 신문 요리를 해주면서 노인을 시험 삼아 마음을 움직이는 양념을 개발 중입니다. 소녀는 그 양념이 완성되면 신문 요리에 넣어 가판대를 통해 널리 배포할 것입니다.

연미

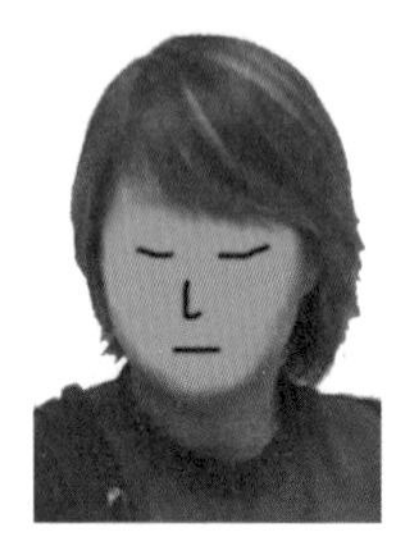

화 가 를 만 나 소 설 을 그 리 다

종이신문을 통해 사회를 관찰하고, 관찰한 결과를 다시 신문에 반영하는 형식으로 신문을 재발행하는 작업을 해오고 있다. 2005년부터 종이신문 뒤에 감춰져 있는 사건, 광고, 사진이미지 등의 수집과 편집 방식을 시각적으로 드러내는 작업을 해왔고, 2010년부터는 신문가판대를 제작하여 감상자를 직접 찾아가는 로드쇼를 진행해오고 있다. 2016년부터는 종이신문의 텍스트를 다른 시각으로 정보화하는 프로젝트를 진행하고 있다.

"나는 어떤 사회 속에 살고 있고 나와 어떻게 연결되었는지 고민하다 신문이 작품의 소재가 되었다. 신문은 배치의 미학으로 감정적 영향을 주는 미술 작품이다. 종이 신문은 시간이 지날수록 갈변하며 사건의 시간성을 표현하기 때문에 매력적이다. 종이 신문의 판매부수는 계속 떨어지지만 없어지진 않을 것이다. 신문은 사회를 보는 기록이고 그날 찍어 내는 자체가 공표의 의미다. 신문의 첫 1면이 공유되며 이익, 영향행사, 권위를 형성한다. 신문을 소재로 작업하면서 어떤 기사를 봤을 때 거짓, 왜곡, 진실의 문제 보다는 어떤 이슈를 몰고 가는 방법 그리고 분위기를 띄우는 측면을 연구했다. 사람들은 신문을 보면서 벌어지는 상황에 대해 그것이 옳고 그름을 떠나 나에게 닥칠 영향을 가늠해 보는 것 같다. 인간의 삶의 본질에 관한 이야기를 하고 싶어서 신문을 분석하고 내가 재발행하여 배포하는 작업을 했다. 신문의 기사를 연필로 안보이게 또는 희미하게 덧칠해서 논조의 패턴을 흐트러뜨린 신문을 가판대를 통해 거리 전시를 한 적이 있다."

인터뷰

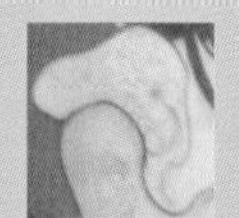

국제적인, 신문 위에 흑연 드로잉, 56×38cm, 2009, 한국(작가소장)

Summary city, 혼합재료, 2017

말하는 글, 기억하는 입, 2018, 설치

신문가판대 버전3-1 믿을만한 소문, 2013, 베니스

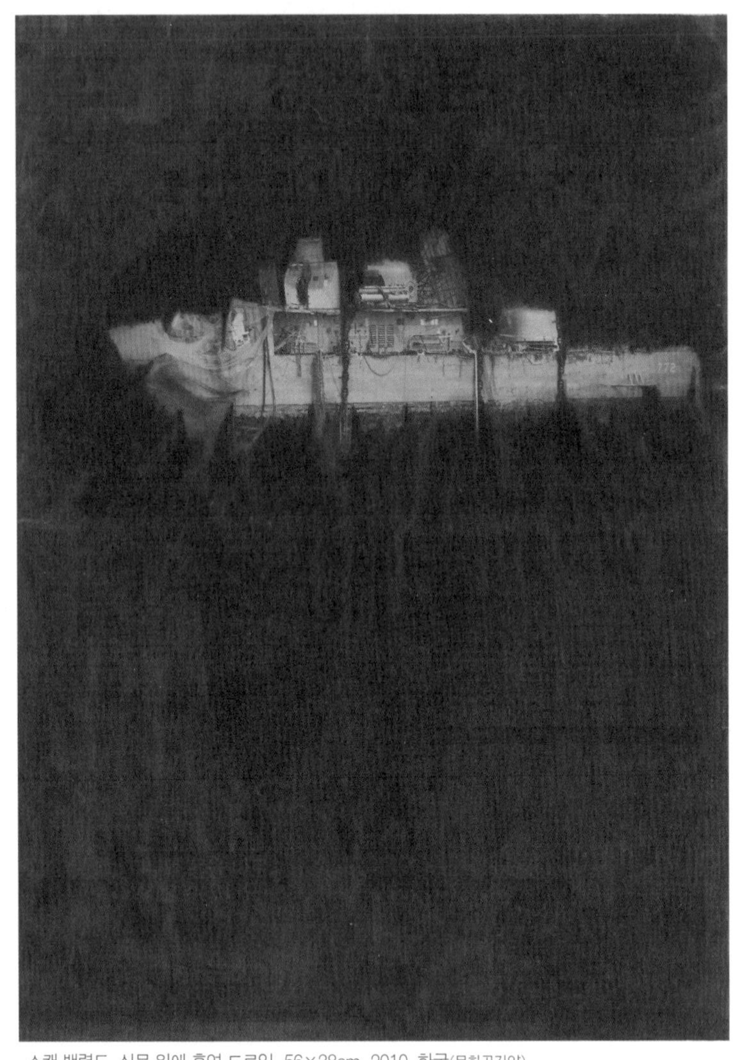

스캔 백령도, 신문 위에 흑연 드로잉, 56×38cm, 2010, 한국(문화공간양)

신문가판대 버전3 믿을만한 소문, 2013, 슈튜트가르트

신문가판대 버전1 길거리전시 남한, 2011, 서울~부산_상
신문가판대 버전1 길거리 전시, 2010, 서울_중1
신문가판대 버전3 믿을만한 소문, 2013, 베를린_중2
1kg=60원, 2015_하

신문가판대 버전3 믿을만한 소문, 2013, 베니스

창 너 머 의 그 곳 에 _ 화 가 윤 정 선 이 야 기

화가 윤정선 이야기

작업실 문을 열고 들어섰다. 창을 넘어온 햇살이 바닥에 사각형을 드리웠다. 공기 중의 먼지가 맴도는 햇살을 보자 탈출하고 싶었다. 지독히 불편한 상황에서 도망치는 것이 아니라 기분 전환, 휴식으로의 탈출이었다. 목적지는 영국 세븐시스터스와 브라이튼으로 정했다. 유학시절 추억을 따라 시골 주택의 정원과 양떼를 구경하고 하얀 절벽 아래로 내려가 일광욕을 한 다음 배를 타고 작은 도시로 넘어갈 것이다. 그곳의 골목을 더듬으며 밀크티를 마시고 싶다. 탈출을 위해 며칠 전까지 붙들고 있던 골목길 풍경화를 포장하기로 했다. 절제와 단순화로 봄 햇살이 드리운 그림자를 표현했는데 그냥 두었다간 더 묘사하고픈 충동이 생길 것 같았다. 포장지를 테이블에 깔아 놓고 벽을 마주 보게 세워 두었던 그림을 돌렸다. 100호 캔버스 한쪽에 종이가 붙어있었다. 물감이 덜 말라 종이가 달라붙은 모양

창 너머의 그곳에

이었다. 온종일 그 부분을 복원할 생각에 맥이 빠지는 순간, 이럴 수가! 손바닥만 한 종이가 달라붙은 것이 아니라 그 부분이 하얗게 지워진 것이다. 마치 그 부분을 남기고 그림을 그린 것 같아서 증발했다는 표현이 맞을 것이다.
오래된 집의 깨진 타일 벽을 그릴 때였다. 줄눈을 묘사하던 중 흐르는 물감을 어디서 멈출 것인가 판단하지 못했다. 머뭇거리는 사이 물감은 나무뿌리처럼 균열을 만들며 멋들어지게 화면을 갈랐는데 만족스러웠다. 그런데 오늘 난데없이 손바닥만 한 화면이 증발하면서 화면이 흩트려졌다. 증발한 화면을 살펴보는데 그 부분이 잘 생각나지 않았다. 기억에 의존하여 골목길을 그렸기 때문이었다. 예전에 찍어 놓았던 풍경사진을 찾으려고 서랍을 열었다. 잡동사니를 들치는데 낯선 향기가 났다. 숨을 깊이 들이마시고 나서 코를 킁킁거린 끝에 낯선 향기의 근원을 찾았다.

서랍 깊숙이 감춰두었던 오래된 그림 일기장에서 나는 향기였다. 일기장을 꺼내 한 장 한 장 넘기는데 진하게 덧칠한 연필 스케치가 펼쳐졌다. 설레는 마음으로 그와 손잡고 걸었던 저녁나절의 골목을 그린 그림이었다. 하늘엔 훤한 달이 떠 있다. 달이 나를 따라오는 것이 신기했던 시절 달을 표현하려고 하늘을 연필로 까맣게 덧칠했다. 새 연필을 깎아 몽당연필이 될 때까지 열심히 칠했던 것 같다. 일기장에서 막 깎은 흑심의 향이 났다. 눈을 감고 향을 음미했다. 흑심의 향기는 나를 몇 년 전의 골목으로 데려갔다.

종로3가 지하철역 근처 뒷길로 들어선다. 오래된 한옥이 고층빌딩 사이에 잡풀처럼 돋아있다. 연필로 그린 풍경에서 시작된 기억은 색이 없는 모노톤이라 더 아득하게 다가온다. 이 골목의 시간은 따로 떨어져 정지한 것 같다. 투명한 공속에 갇혀 빠르게 흐르는 시간을 구경하는 기분이다. 한차례 비를 뿌렸던 먹구름사이로 해가 모습을 드러낸다. 보도블록에 머금은 빗물이 증발한다. 달팽이가 응달로 달려간다. 골목의 나무 몇 그루와 담벼락과 보도블록 사이에 낀 이끼가 싱그러운 향을 발산한다. 추억의 장소는 향기를 낸다. 추억은 향기를 머금었다가 조금씩 방생하며 은밀하게 속삭인다. 다른 곳에서 만날 수 없는 골목의 향기를 내 것으로 하고 싶어 구도를 잡고 골목 풍경의 한 부분을 자른다.
추억의 향기를 통해 떠올린 골목 풍경의 한 부분이 머릿속에서 사라지기 전에 스케치를 했다. 감쪽같이 증발한 부분에 그려 넣으면 어울릴 것 같았다. 그 장소는 어떤 전환점이 된 곳임이 틀림없지만 무슨 일이 있었는지 선명하게 떠오르지 않았다. 추억의 장소를 탐색하면 왜 그림의 한 부분이 증발했는지 실마리를 찾을 수 있을 것 같았다.
카메라를 들고 종로구 익선동으로 달려갔다. 오후의 햇볕이 만든 사선의 그림자가 드리운 좁은 골목을 헤매며 추억의 장소를 찾았지만 찾을 수 없었다. 비슷한 장소인 것 같아 가까이 가서 보면 이내 다른 모습으로 변했다. 골목 입구의 담벼락이 비슷하여 모퉁이를 돌아서면 벽을 뚫어 통유리를 끼운 카페가 들어서 있었다. 골목 어디에도 예전의 모습은 찾을 수 없었다. 다시 좁은 골목을 헤맨 끝에 축대 옆 계단에 앉아 하늘과 땅이 붉은 기운을 버리고 푸른 기운을 받아들이는 모습을 감상했다. 시간이 지나자 무성한 나뭇잎들이 번들거리는 검은색으로 변했다. 언뜻 보이는 나뭇가지들이 굵어질 때 어디선가 싱그러운 향기가 났다. 향기를 따라 걸었다. 또 다른 골목으로 접어들자 작은 꽃잎이 날렸다. 가로등 불빛 때문인지 땅에 떨어진 꽃잎은 연한 핑크빛이고 꽃이 만발한 나무는 솜사탕을 붙여 놓은 것 같은 나무는 선명한 핑크빛이다. 솜사탕 같은 나무 밑에는 등받이가 없는 벤치가 있었다. 이 골목이 연극무대의 배경 같다고 느끼는 순간 생각이 났다. 그와 여기에 앉아 영화 이야기를 했었다. 영화 '원더풀 라이프'의 이야기는 천국으로 가기 전에 거쳐야 하는 림보가 배경이다. 세상을 떠난 영혼은 림보에 7일간 머물며 인생에서 가장 소중한 추억을 골라야 한다. 림보에서는 그 추억을 짧은 영상으로 재현해 영혼을 위로해 주는 이야기다. 림보에서 재현한 영혼들의 소중한 추억 중에 벚꽃이 흩날리는 벤치가 등장하는 장면이 나온다. 벚꽃 대용으로 사용한 핑크빛 색종이를 보는 순간 색을 새롭게 인식하게 되었다. 내가 영화를 보고 나서 그동안 물감을 익숙하게 사용했지만 색 자체로 이야기 할 수 있다는 것을 영화를 통해 깨달았다는 이야기를 한 다음부터 그는 분홍색 옷을 즐겨 입었다.

종로구 익선동 골목 탐색에서 실마리를 찾지 못하고 그와의 추억만 더듬다 작업실로 돌아왔다. 손바닥만 한 화면이 증발한 골목길을 그린 풍경화 앞에 앉았다. 뻥 뚫린 하얀 사각의 구멍은 보는 각도에 따라 어떤 세계로 이동하는 입구 같았고, 내 인생을 가둔 틀 같았고, 밖으로 향해 열린 창문 같았다. 그는 여행을 다니며 글을 쓰는 디지털 노마드였다. 낯선 도시의 호텔에 도착할 때마다 창을 배경으로 영상 메시지를 보내곤 했었다. 나는 그가 모니터에 등장할 때마다 그의 소식보다는 호텔 창밖으로 펼쳐지는 도시의 풍경에 더 관심이 많았다. 그래서 그는 애정이 식었는지도 모른다. 내가 첫 개인전을 준비하고 무사히 치르는 사이 그는 나에게서 증발했다. 개인전이 끝나고 그의 블로그를 탐색했다. 그가 마지막 소식을 전한 여행지 북경에서 찍은 사진을 확대했다. 그곳은 보이지 않는 무인가가 갇혀있는 비밀스러운 장소였다. 자금성의 붉은 담장 앞에 탐스러운 목련꽃이 활짝 피어있고 그 옆에 그를 따라다니는 여자의 그림자가 보였다. 나는 그 북경의 사진을 클릭하여 그곳으로 날아갔다.
광장을 향해 걸어가는데 밝은 회색의 잿가루가 날린다. 눈이 오듯 날리는 잿가루에 앞이 잘 보이지 않는다. 주위를 둘러보는데 빨간 담장이 길게 이어진다. 담장 끝에 빨간 문이 보인다. 빨간 문은 육중한 나무문이다. 빨간 문을 밀고 안으로 들어선다. 황색기와 지붕을 한 건물이 끝없이 펼쳐진다. 건물에서 청의 마지막 황제 푸이를 닮은 그가 고궁의 마당을 내려다보다 나를 발견하고 피한다. 그를 따르는 여자의 옷자락이 계단을 타고 사라진다. 나는 광장을 맴돌다 나가는 문을 겨우 찾는다. 붉은 칠이 떨어져 나간 벽에 작은 통로가 있다. 컴컴한 통로 끝에 은은한 불빛이 보인다. 통로를 빠져나오자 빠르지도 느리지도 않게 되풀이되는 빛의 명멸이 펼쳐지며 여행이 끝난다.

손바닥만 한 캔버스를 만들었다. 여행용 트렁크를 꺼내 그림 도구를 챙겼다. 이번엔 어둠에 묻혀 있는 골목의 향기를 담을 것이다. 채움과 비움의 적절한 간격으로 시간과 공간을 사유해 보기로 했다. 전시회 때 창이 생긴 그림과 창밖을 그린 그림 두 개를 따로 연출한다면 재미있을 것 같았다. 짐을 다 싸고 트렁크를 닫았는데 가슴이 답답했다. 이건 아침에 생각했던 탈출이 아니었다. 트렁크를 열고 짐을 풀어헤쳤다. 백팩에 짐을 간단히 꾸리면서 과감하게 카메라와 노트북을 넣지 않았다. 기억에 새기고 의존하는 여행을 통해 제대로 탈출해 보기로 했다.

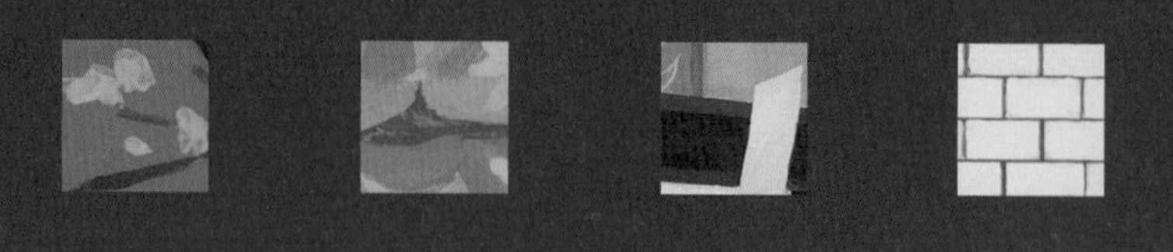

윤정선

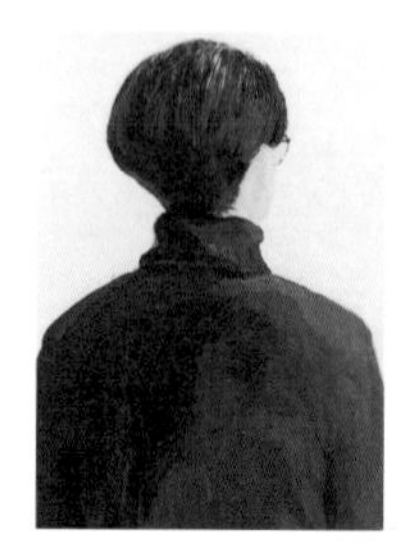

몸이 허약했던 소녀는 밖에서 아이들과 뛰어놀기보다는 혼자서 그림책을 들여다보고 맘에 드는 장면을 따라 그리며 크레용을 들고 자신만의 세계 속을 여행하는 것을 즐겼다. 그 소녀는 자라서 어렸을 적 꿈꾸던 화가가 되었다.
호기심 많은 그녀는 여행하는 것을 즐긴다. 여행 중 여러 곳을 돌아다니는 것보다 낯선 여행의 장소가 일상이 될 때까지 한 곳에 오랫동안 머무는 것을 좋아한다. 그녀에게 있어서 기억은 공간이기로 하고 시간이기로 하다. 자신의 체험에 기반하여 그곳의 주관적인 인상을 화면 안에 담아낸다.
좀처럼 화면에 인물을 담지 않던 그녀가 최근 자신의 뒷모습과 주변 인물의 흔적들을 소극적인 방법으로 그림 속에 등장시키기 시작한다. 이제는 한 걸음 물러나 기억과 기억을 여행하는 자신을 관찰하게 된 것 같다.
한국, 영국 그리고 중국에서 수학하였고 현재는 서울에서 작업하고 있다. 11회의 개인전을 하였고 50여회의 단체 기획전에 참여하였다. 제24회 석남미술상을 수상하였다.

“시간은 흐르지만 내 시간은 흐르지 않는 것 같던 시절이 있었다. 세상의 시간은 흘러가는데 나는 투명한 공속에 갇혀있는 느낌이었다. 그때의 느낌 기억을 떠올리는 매개체를 그렸다. 매개체는 장소나 공간인 경우가 많고 당시 주변에 있었던 사물일수도 있다. 예를 들면 작품에 등장한 내 일기장은 나를 기록하는 것이 시대를 기록하는 것이라는 의미를 담고 있다. 기억을 떠올리며 작품에 표현하는 시간성을 포착한다. 작품 화면에 프레임을 그린 것이 있다. 풍경을 담았던 것을 다시 보는 느낌을 주려고 한 것인데 그림에 과거 시제로 이야기 한 것이다. 그림의 일부분을 다시 소품으로 그린 작품도 시간성을 추구하는 작업이다. 기억에 남는 장면, 의미 있는 순간, 그 장면을 다른 각도에 서서 재해석 해본 것이다. 기억에 집착하는 것을 보면 지난 삶에 미련이 많은 모양이다.”

화 가 를 만 나 소 설 을 그 리 다

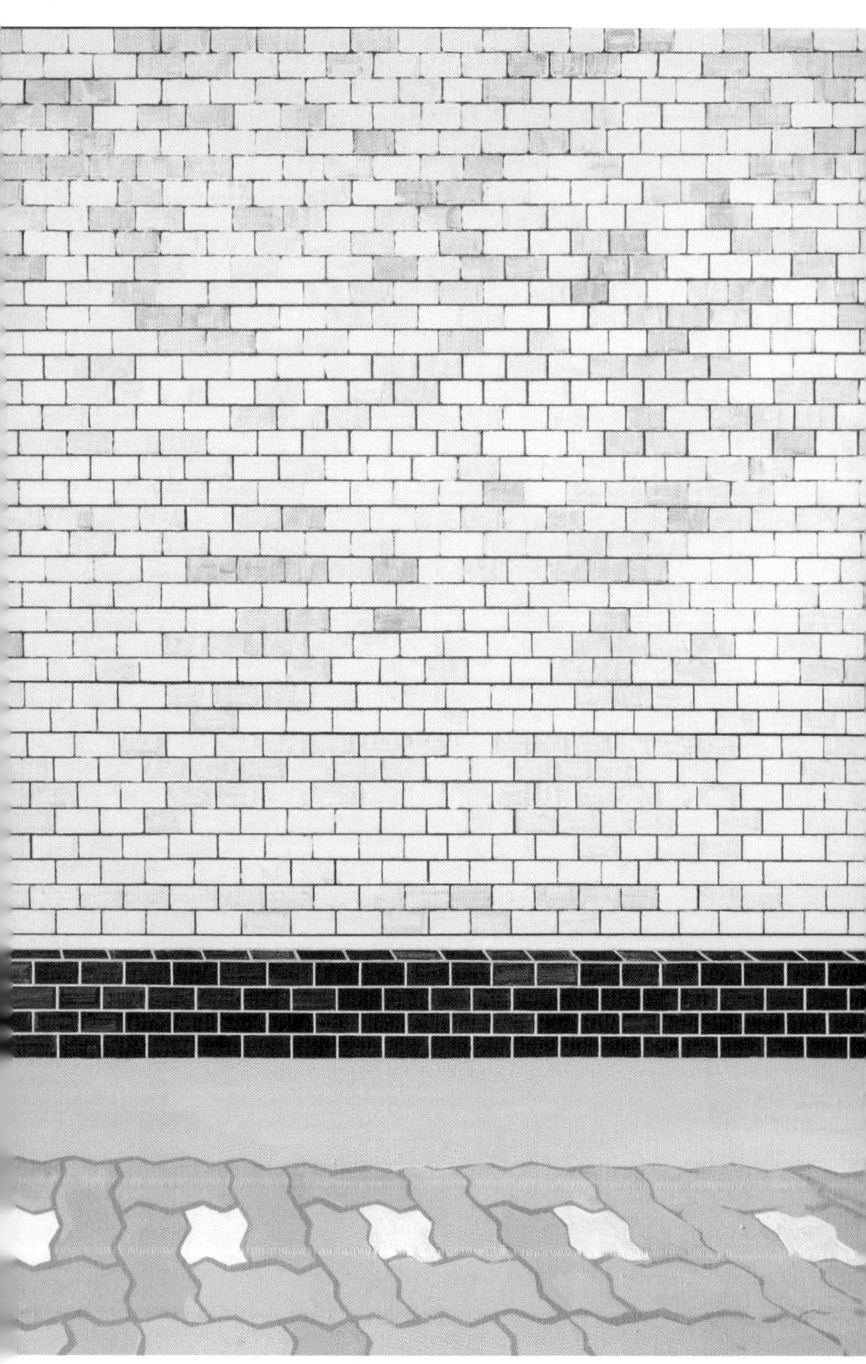

17-20번지, 130.3×193.9cm, 캔버스 위에 아크릴 물감, 2017

슬프지 않은 풍경_ 전시 전경, 2019 청주미술창작스튜디오

My best friend was..., 53×45.5cm, 캔버스 위에 아크릴 물감, 2004

다시 봄, 다른 봄날, 91×116.7cm, 캔버스 위에 아크릴 물감, 2018

메모랜덤페인팅_북경, 10×12cm, 캔버스 위에 아크릴 물감, 2019

메모랜덤페인팅_자금성, 10×12cm, 캔버스 위에 아크릴 물감, 2019

사라진 빨간 벤치, 91.0×116.8cm 캔버스에 아크릴 물감, 2019

율곡로5길 3-13, 41×32cm Acrylic on canvas 2020

홍문, 80×80cm, 캔버스 위에 아크릴 물감, 2006

유 산 _ 화 가 윤 상 윤 이 야 기

화가 윤상윤 이야기

할아버지의 왼손 드로잉 시리즈 기획전이 열린다. 절반 이상이 미발표작이다. 이번 전시는 판매가 목적이 아니고 홍보가 목적이다. 할아버지의 유화 작품은 미술사에 한 획을 그었지만 왼손 드로잉은 당시에도 팔리지 않았고 지금도 팔리지 않는다. 사람들은 할아버지가 왜 왼손으로 드로잉을 했는지 잘 모른다. 할아버지는 왼손 드로잉으로 새로운 세계를 모색했다. 차근차근 쌓아올리는 변증법적 화화에서 '고맥락'의 세계로 넘어가려고 직관적 동양화의 일필휘지 기법을 사용했다. 회고록에는 왼손드로잉으로 뻗어 나가고 싶은데 잘 안 팔릴 것 같아 망설여진다는 고민과 비싼 캔버스를 충당할 수가 없어 종이에 드로잉 했다는 대목에선 가슴이 먹먹했다. 당시 작품의 값어치는 공들여 덧칠한 마티에르가 인정받았었다. 할아버지의 왼손 드로잉은 우연의 효과와 직관의 힘을 바탕으로 하는 행위 예술적 페인팅이었다. 할아버지는 오른손의 기계적 숙달과 정형성에서 벗어나고자 몸부림쳤다. 어떠한 규칙도 형식도 없이 그때그때 떠오른 이미지와 감정을 표현했다. 그때의 시대적 분위기가 고스란히 담겨있는 훌륭한 작품들이다. 할아버지는 누가 감시하지도 않는 데 결벽증처럼 왼손만 사용했다고 했다. 드로잉을 하고 그 위에 덧그리거나 마음에 드는 화면을 캔버스에 옮겨 다른 작품으로 활용하는 화가들이 많았던 시절 할아버지는 자신과의 약속을 지킨 것이다. 그런 프로의 자세가 나에겐 유산이었다.

서울옥션 경매 사이트에서 할아버지 작품을 검색하다가 창밖을 바라봤다. 갤러리 사무실에서 내려다보이는 거리는 노랑의 물결이다. 햇살을 받아 눈부시게 노란 은행잎이 땅을 향해 빙글 돌며 떨어지는 순간 복잡했던 머릿속이 맑아지면서 세상이 드넓게 펼쳐졌다. 할아버지의 회고록에도 은행잎이 등장한다. 할아버지는 미술대학에 우수한 성적으로 입학하기 위해 커닝페이퍼를 연구했다. 노란색 포스트잇에 예상 답안을 깨알 같은 글씨로 레이아웃했고 적절한 키워드를 기입하여 긴박한 상황에서도 기억을 자극하는 방식을 사용했다. 그러나 상위권이던 할아버지의 성적은 한순간에 무너졌다.

회고록에 등장한 할아버지는 고등학교 1학년 한문시험 시간에 인생의 전환점을 맞는다. 시험이 시작되자마자 커닝페이퍼를 필통 안에 감추고 살짝살짝 열어 보면서 답안을 작성했다. 어느 순간 느낌이 이상하여 고개를 드니 선생님이 자신을 노려보고 있었다. 선생님은 바로 답안지를 빼앗아 찢어버렸다. 시험이 끝날 때까지 책상 위에 무릎 꿇고 앉아 벌섰다. 서 있는 것과 같은 높이로 시점이 이동하면서 그룹에서 벗어난 자아를 맛보았다. 다리에 쥐가 났고 불안하고 위태로웠다. 어떤 흐름이 끊어지는 기점이란 것을 느낄 수 있었다. 내신을 망쳤다는 절망감에 가슴이 답답했고 창피해서 고개를 숙였다. 머릿속에서 시계의 초침 소리가 크게 들렸다. 의식은 꼬리를 물면서 사람의 마음을 하나로 모르는 힘, 사람들의 약속 장소로 이용하게 만드는 광장의 시계, 모두가 같은 것을 보며 한곳에 모이게 만드는 그런 힘을 상상했다. 책상 위에서 아래를 내려다보는 시간은 느리게 흘렀다. 열심히 답안을 작성하는 학생들을 멍하니 바라보다가 천천히 고개를 돌려 창밖을 바라봤다. 눈부시게 노란 은행잎이 바람에 날렸다. 노란색의 에너지 때문이었을까 부모님과 담임에게 혼날 걱정은 차츰 사라졌다. 세상이 넓어 보이면서 어린 나이에도 인생 별거 아니라는 생각이 들었다. 그날 그룹 안에서 내 멋대로 하다간 바로 퇴출당한다는 교훈을 느꼈지만 빵점 처리되지는 않았다. 교무실로 불려가서 답안지에 한 번호의 답을 작성했다. 성적은 12점이었다. 할아버지는 그때 책상 위에서 바라본 세상은 나중에 '개인과 군중' 시리즈의 모티브가 되었다.

서울옥션 경매에 올라온 할아버지 작품은 많은 생각을 하게 만든다. 〈Lead me on, 145.5×112.1cm, oil on canvas, 2015〉는 어울리지 않게 국가안전기획부 청사 로비에 걸려 있다가 정권이 바뀌면서 떼어져 창고에 보관하다가 경매에 나오게 되었다. 소유자가 법원의 영장 없이도 국가 안보 명분으로 국민을 감시하고 통제했던 국가안전기획부는 경찰청 정보국에 통합되었다. 국가안전 기획부 청사는 국민을 위한 문화 예술 복합 공간으로 탈바꿈 중이다. 리뉴얼 과정에서 청사 안에 지어진 원형감옥을 어떻게 활용하느냐를 놓고 다양한 의견이 나왔다. 문화 예술 복합 공간의 운영 주체 서울문화재단은 원형감옥을 개조하여 예술가들의 레지던스로 활용하기로 했다. 문화유산을 잘 활용하는 측면에선 반가운 일이지만 블랙리스트를 만들어 예술가들의 창작물을 통제하고 심문하고 투옥했던 그곳이 예술가들을 위한 공간이 된다는 것은 아이러니하다.
그 유화 작품은 거대한 공장의 창고에 직원들이 모여 파티하는 장면이다. 창고 바닥엔 푸른 물이 가득 차 있다. 지게차용 팔레트를 쌓아 평상처럼 만든 자리에 앉아 회식하는 직원들은 즐거워 보인다. 할아버지는 작가 노트에서 작품에서 물에 잠기거나 반사된 군중은 장소의 불안감과 무의식적 공포와 욕망을 의미하고, 물 위는 상식의 세계이고 그곳에 등장하는 군중은 텃세를 의미한다. 그리고 가장 높은 곳에 있는 대상은 사회 가치와 양심 또는 이상을 상징한다고 했다. 그 작품에선 사람들보다 높은 단상에 자전거를 탄 소녀가 직원들을 이끌고 어디론가 출발하려는 자세로 서 있다. 할아버지의 회고록에는 당시 국가안전기획부에서 그 작품을 산 이유가 노동자를 희망찬 나라로 이끌어간다는 메시지로 해석한 것 같다고 쓰여 있었다. 곰곰이 생각해보니 그런 해석도 가능할 것 같았다. 노동자들의 지지를 얻어야 했던 정부였으니까.

경매에 올라온 작품의 낙찰가는 엄청날 것이다. 한숨이 절로 나왔다. 유산으로 받은 수백 장의 왼손 드로잉보다 유화 작품 1점이 더 갖고 싶다. 작품이 화제에 오른 것은 국가안전 기획부 청사 안에 지어진 원형감옥을 설계했던 건축가의 인터뷰 기사 때문이다. 건축가는 할아버지의 작품을 보고 '파놉티콘'을 떠올렸다고 했다. 실제로 청사 원형감옥의 중앙에 서 있는 탑의 꼭대기에는 영국의 철학자이자 법학자인 제러미 벤담이 1791년 세안했던 죄수 감시 시스템처럼 감시카메라가 있었다고 한다. 그 기사를 보고, 아 뭐랄까, 한마디로 충격이었다. 나는 할아버지의 작품을 보고 무리에 편입되지 말고 주체적으로 살아야 한다는 메시지를 읽었는데 그 건축가는 최상층에 존재하며 군중을 내려다보는 사회적 가치와 양심의 상징을 보고 권력의 효율적인 감시의 시스템을 상상했다는 사실이 놀라웠다. 할아버지가 살아계신다면 건축가가 자신의 작품을 보고 악명 높은 원형감옥 '파놉티콘'을 떠올렸고 그것을 모티브로 감옥을 설계했다는 사실을 어떻게 생각했을까. 아마 할아버지는 다양한 해석이 가능한 작품이니 훌륭한 작품이라고 좋아했을 것 같다.

할아버지의 작품들에서 우러나오는 연금술 같은 마법의 느낌이 좋다. 구름이 자욱하고 회오리가 일고 등장인물이 구슬을 들고 있다. 이런 것들은 재미 요소이자 상상력을 부채질하는 매개체이다. 오늘따라 할아버지 작품에 등장한 인물이 들고 있는 구슬이 여의주처럼 느껴진다. 할아버지는 왜 용을 그리지 않았을까. 이번 할아버지의 왼손 드로잉 기획전에서는 용이 나타나 여의주를 물고 승천하기를 기대했다. 바람이 불었다. 은행잎이 떨어질 듯하다가 다시 날아올랐다.

윤상윤

고등학교 때 교통사고를 당했다. 넘어지면서 왼쪽 머리가 찢어졌고 버스가 바퀴가 왼쪽 발을 밟고 지나갔다. 엄지발가락이 으깨졌다. 한 걸음만 앞에 서 있었다면 죽을 수도 있었다. 입원실 침대에 누워있으면 물에 잠긴 기분이었다. 물에서 빠져 나오려고 허우적거릴수록 불안감과 무의식적 공포에 시달렸다. 나는 물에 뿌리를 내린 나무가 된 것 같았다. 뿌리를 뽑고 새처럼 날아갈 수 없지만 하늘을 향해 가지를 뻗을 수는 있었다. 벗어나고자 하는 욕망이 상상의 가지를 뻗었고 그때 떠오른 수많은 이미지를 낙서로 기록했다. 프로이트의 초자아 3층 구조를 처음 공부한 것도 입원실에서였다. 그때의 영감이 현재 작품으로 이어졌다. 그룹 정체성이 공유하는 보편적 상식은 권력을 만들고 비상식적이거나 권력에 반하는 개인은 그룹 안으로 받아들여지지 않는다. 군중은 동물적 공격성을 띤 모습으로 소수를 분리한다. 그룹 정체성에 의해 자신을 고립시킨 개인은 초자아의 모습이 될 수도 있고 이방인이 될 수도 있다. 나는 이러한 풍경 안에서 다양한 현대인의 모습과 경험을 탐구한다.

추계예술대학교 서양학과 졸업. 영국 첼시예술대학교 대학원 졸업. 2009년 텔레비전12의 개인전을 시작으로 2019년 9월 갤러리 세줄의 개인전까지 10회의 개인전을 열었다. 50회의 그룹전과 2012년 종근당 예술지상 수상. 2013년 서울미술관 신진작가 프로그램 선정. 2019년 전국청년작가 미술공모전 남도문화재단 대상을 수상했다.

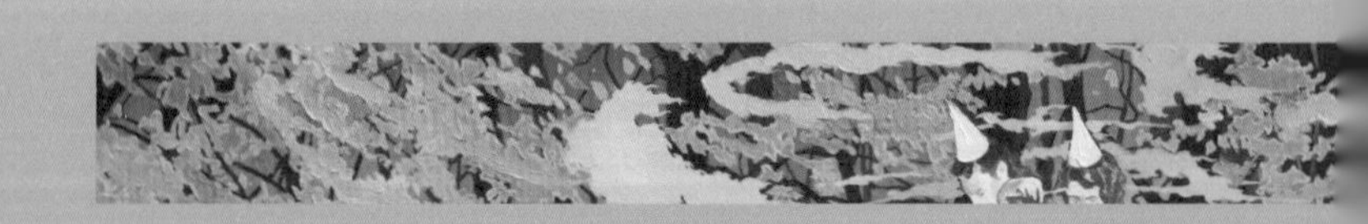

"개인과 군중 또는 개체와 집단을 다루는 최근 작품은 나를 상징하거나 표현하는 것이 내가 속한 집단이어야 할까?에서 출발한, 개인과 사회의 정체성에 관해 고민한 흔적이다. 미술사에서 사진의 등장과 아방가르드의 출현으로 한물간 영역이라고 치부되는 구상 회화를 그것도 유화로 고집하는 것은 사실적인 기법의 풍경화로 추상성을 끌어내고자 하는 전략이다. 리얼리즘이지만 단순한 재현이 아니라 나의 눈으로 바라본 우리의 모습을 통해 관람객의 상상력은 확장될 것이다. 상상력을 확장하는 요소는 화면을 구성하는 3층의 수직구조다. 최하층의 물이 상징하는 '무의식', 중간의 군중이 상징하는 '의식' 최상층의 인물이 상징하는 '초자아'이다."

인터뷰

Into the trance2, 145×112cm, oil on canvas, 2017

Stardust, 116×91cm, oil on canvas, 2019 _ 왼쪽 페이지 상

Lead me on, 145.5×112.1cm, oil on canvas, 2015 _ 왼쪽 페이지 중

Teenage Sonata 2, 116×91cm, oil on canvas, 2019 _ 왼쪽 페이지 하

Only Superstition, 21×30cm, oil on wood panel, 2020

New World Coming, 21×30cm, oil on wood panel, 2020

When You Wish Upon A Star4. 91×116cm, oil on canvas, 2017

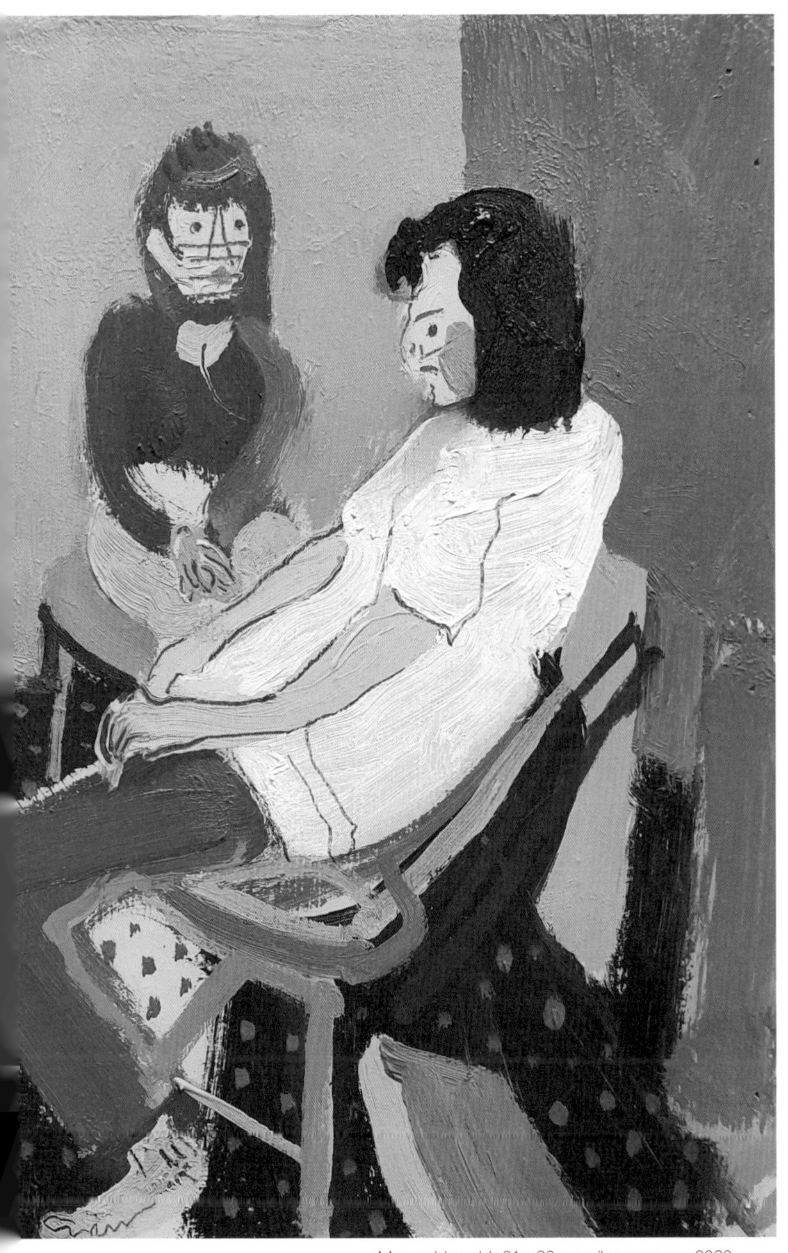

Mean old world, 21×30cm, oil on canvas, 2020

컨베이어벨트 _ 화가 이국현 이야기

화가 이국현 이야기

그는 그윽한 밤색 원목으로 만든 정갈한 다치 앞에 앉았다. 그는 다이소에서 산 생활용품이 가득 담긴 비닐봉지를 발 옆에 놓았다가 다시 옆자리 의자에 올려놓았다. 허리를 숙일 때마다 그의 입에선 신음이 터졌다. 비닐봉지에는 면봉, 휴대전화 충전기, 수첩, 물티슈, 우산, 샤워도구가 들어 있었다. 그것들은 안전관리가 이루어지지 않은 산업현장에서 죽은 비정규직 노동자의 유품 리스트였다. 주방에서 재료를 손질하던 무표정한 세프가 그에게 인사했다. 그는 생강 초절임을 종지에 덜고 한 조각을 입에 넣었다. 입안에 퍼지는 달싸함에 피곤에 절은 몸이 깨어났다. 컵에 뜨거운 물을 받고 녹차 티백을 담그고 윈도 밖을 바라봤다. 매일 같이 대학 선배 조각 작업장을 오가며 바라봤던 조명이 화려한 회전초밥집이었다. 3달 동안 참여했던 대학 선배 조각상 마무리 작업이 끝났다. 거대한 조각상은 중견

컨베이어 벨트

기업 사옥 앞에 세워질 것이고 그는 그동안의 일당을 받았다. 생계를 위해 작품을 팔았다면 생산적 노동이었을 것이고, 즐겁게 그린 작품이 팔렸다면 비생산적 노동이었을 것이지만 대학 선배의 지시대로 돌을 깎고 다듬은 작업은 단순한 노동이었다. 예술학 박사 논문을 쓰느라 통장이 바닥난 그에게 이번 아르바이트는 오랜 가뭄의 단비였다.

다치 위의 컨베이어 벨트가 움직였다. 그가 다치 앞에 앉은 것은 세프가 럭스에 탈색된 듯한 하얀 손으로 미백의 샤리에 얇게 다듬은 생선을 얹어 초밥을 만드는 과정을 보고 싶어서였다. 그러나 세프는 초밥을 만들지 않았다. 초밥 장인의 손으로 쥐어낸 것과 구별이 안 될 정도의 맛을 내는 기계가 주방 한가운데 있었다. 지나다니면서는 파악할 수 없었던 이 집의 비밀이었다. 무표정한 세프는 기계가 생산한 초밥을 접시에 담아 컨베이어 벨트에 올리기 시작했다. 이 집은 원가를 낮추기 위해 등급이 낮은 대형어류를 사용하고 초밥 대신 캘리포니아롤이나 튀김 종류의 다른 메뉴로 배를 채우게 유도하는 초밥집이었다.

그의 배가 꾸르륵거렸다. 스테인리스로 만든 초밥 기계가 마음에 들지 않았지만 어쩔 수 없었다. 초밥 접시를 낚아채 하얀 생선 살을 얇게 다듬어 연두색 와사비가 희미하게 비치는 초밥을 젓가락으로 집어 들었다. 그것은 변태를 위해 여린 잎을 갉아먹은 애벌레 같았다. 그는 초밥을 입에 넣었다. 온기가 없는 차가운 맛이었다. 그는 초밥을 삼키고 잇몸에 낀 밥알을 으깨면서 헤어진 그녀의 따뜻한 혀를 떠올렸다. 초밥을 유난히 좋아했던 그녀는 늘 단정한 모습으로 긴 여운을 남겼다. 초밥을 보면 그녀가 떠올랐고 그녀를 생각하면 초밥이 먹고 싶었다. 그녀와 산란기 전의 제철 생선으로 만든 초밥을 먹고 했던 키스, 그의 잇몸을 애무하던 그녀의 혀는 입안에서 따뜻하게 녹았다. 그는 한동안 신형상미술의 극사실기법으로 그녀의 아름다움을 화폭에 담았다. 사실성이 극에 달하다 못해 캔버스에서 그녀가 튀어나올 정도였다. 그러나 작품을 보면 볼수록 따뜻한 느낌은 사라지고 기계적이고 차가운 느낌이 감돌았다. 그녀의 머리카락을 세밀하게 묘사할수록 그는 광폭해졌고 그림 속의 그녀는 개성을 상실하고 익명적이고 추상적인 존재가 되었다. 그녀를 그린 캔버스가 늘어날수록 그녀와의 간극은 벌어졌다. 그것이 그림 속의 그녀를 볼 때 나타나는 추상적 환각작용 때문인지 아니면 그녀를 대상으로 삼아 자신의 욕망을 실현했기 때문인지 알 수 가 없다. 그는 떠난 그녀가 머물렀던 침대시트의 어지러운 주름을 화폭에 담고 나서 한동안 붓을 잡지 못했다. 최근 붓 대신 선택한 것은 디지털 매체라고 할 수 있는 3D프린터였다. 그는 그것으로 그 자체만으로도 거대한 상징성을 확보할 수 있는 존재를 재해석하는 모델링을 준비했다.

그는 초밥 접시를 실어 나르는 컨베이어 벨트를 유심히 관찰했다. 컨베이어 벨트에 관심을 가지게 된 것은 비정규 노동자의 죽음 때문이었다. 그는 유튜브를 통해 사고 당시 24살이었던 노동자와 같이 근무했던 동료의 증인을 들었다. 화력발전소에서 일어난 사고 발생 시간은 새벽이었다. 컨베이어 벨트에 낀 하청업체 소속의 비정규직 노동자를 꺼내서 인공호흡을 하려고 했지만 머리가 잘려 나가고 없었다. 말로 표현하기 어려운 처참한 사고 현장이었다. 석탄을 이송하던 컨베이어 벨트는 고무벨트 무게만도 20t이 넘는다고 했다. 그 벨트 밑의 50cm도 안 되는 부분에 고장이 나거나 이물질이 들어가면 사람이 들어가서 손으로 빼거나 철근 꼬챙이 같은 것으로 빼내야 하는데 잘못 말려 들어가면 철근 꼬챙이가 다 휘어질 정도였다고 했다.

초밥을 먹던 그는 화려한 조명을 받은 붉은 살이 먹음직스러워 보였다. 선홍빛의 참치회 한 접시와 데운 사케를 주문했다. 무채 위에 올려져 나온 참치회는 가까이서 보니 핏빛이었다. 차가운 참치회 한 조각을 입에 넣고 오물거리다가 뜨거운 사케를 마셨다. 흐물흐물해진 참치가 사케에 녹아내렸다. 그때 하얀 생선 살을 올린 초밥이 눈에 들어왔다. 몇 개 집어 먹지 못한 하얀 생선 초밥이었다. 까만 접시에 담겨 진주처럼 빛나는 초밥이 옆자리 구석을 돌아 그에게 다가왔다. 자신도 모르게 잽싸게 접시를 낚아채는 순간 초밥이 굴러떨어지고 말았다. 초밥에서 분리된 하얀 생선 살이 컨베이어 벨트 체인에 부착된 둥근판 틈에 끼였다. 마치 거대한 뱀이 먹이를 물고 유유히 사라지는 것 같았다. 하얀 생선 살은 한 바퀴를 돌아 세프 앞으로 다가갈 때까지 둥근판의 틈에 끼여 바르르 떨었다. 그것은 하얀 애벌레 같기도 했고 작은 물고기 같기도 했다. 세프는 둥근판 틈에 낀 하얀 생선 살을 뽑아 쓰레기통에 던졌다. 그는 마치 자신의 잘못으로 한 생명이 죽은 것 같아 마음이 불편했다. 사케를 연거푸 마시고 마지막 남은 참치회를 입에 넣었다. 참치회를 담았던 접시의 무채가 붉게 물들어 있었다. 그는 붉게 물든 무채를 바라봤다. 그의 눈시울이 붉어졌다. 평소 언제 내려올지 모르는 작업지시 때문에 컵라면으로 끼니를 때웠다는 사고로 죽은 비정규직 노동자 동료의 증언이 생각났기 때문이었다. 그는 비닐봉지에서 물티슈를 꺼냈다. 하얀 물티슈로 눈물을 훔치는 그의 손톱에 시꺼먼 돌가루가 잔뜩 껴있었다. 그는 계산을 하고 회전초밥집을 나왔다. 찬 공기와 자동차 소리에 취기가 더 올랐다. 죽은 노동자의 유품과 컨베이어 벨트를 3D프린터로 어떻게 구현하고 연출할 것인가를 고민하면서 걷는데 자신은 계속 제자리걸음이고 땅이 움직이는 느낌이었다.

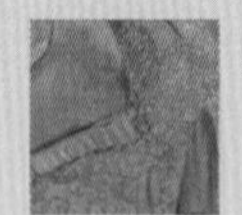

이국현

만화가가 되고 싶었다. 고등학교 때 만화동호회 활동을 하다가 영화감독의 눈에 띄어 콘티 아르바이트를 했다. 이야기를 장면으로 집약하는 작업을 하다 회화에 빠져들었고 서양화과에 들어갔다. 현재까지 회화를 기반으로 한 다양한 창작 활동에 매진 중이다. 몇 년 전부터 관심을 기울이던 3D프린터를 디지털 매체를 활용한 창작 연구과 연계하여 작품 제작에 과감히 활용하던 중 작년 말 컨베이어벨트를 고치던 24살 비정규직 노동자 김용균 씨의 사고사를 알게 되면서 기술이 현 사회에 미치는 영향에 대해 깊은 충격에 빠졌다. 그 사건을 계기로 작품 활동에 큰 전환점을 맞이하게 되었고, 현재는 동시대성과 문제의식을 반영할 수 있는 예술의 사회적 역할에 대해 고민하고 있다.
2010년 첫 개인전을 시작으로 현재까지 2회의 개인전 및 다수의 단체전에 참가하였고, 국내외에서 진행된 순수예술 분야의 다양한 기획 프로그램에 참여한 경험이 있다. 중앙대학교 서양화과 및 동 대학원을 졸업하고, 현재는 예술학과 박사과정을 거치면서 기술과 예술의 관계, 그리고 예술의 사회적 기능에 대해 심도 있는 연구를 진행하고 있다.

"내 유화작품들은 미국 사조인 '하이포리얼리즘'과 다르다. 국내 미술계 상황에 맞게 표현하자면 '신형상미술'이라고 할 수 있다. 나는 그동안 손을 통한 극사실적 이미지구현에 연극적 연출이 반영했고 주관적 감정을 배제하고 차갑게 표현함으로써 대상의 상징성을 통해 비판적 해석의 여지를 제공했다. 여성의 이미지를 통해 성 상품화의 단면을 보여준 '패키지' 시리즈 그리고 가면과 선글라스를 통해 현대인의 페르소나와 성적 판타지를 들추어내는 작업을 해왔다. 작업을 할 때 거리두기를 바탕으로 철저하게 감정을 배제하려고 했으나 감정을 배제할수록 감정이 이입됐고 오히려 감정을 배제했다고 자부한 작품은 설득력이 떨어졌다. 여성의 성 상품화를 다룬 작품들은 페미니즘의 물결을 탔다. 뜻하지 않은 호응에 살짝 겁이 나면서 문제의식이 발동했고 그 해답을 진성정성에서 찾았다. 사진을 보고 인물을 그리는 것이 아니라 직접 인터뷰하고 내 감정을 반영했지만 그것도 만족스럽지 않았다. 내가 구현한 리얼리즘은 그 자체가 직유의 느낌이 강해서 은유적인 표현에 걸맞은 것을 찾았다. 그것이 디지털 매체인 3D프린트다. 최근 비정규직 노동자의 유품을 3D프린트로 형상화한 작품은 전환점이 되었다. 기사를 통해 접한 사고 현장의 유품은 모두 다이소의 천 원짜리 상품이었다. 그 사물을 일부러 특징만 살려 뭉뚝하게 모델링했다. 노동자의 죽음과 함께 생명력을 잃은 유품을 뭉뚝하지만 리얼하게 표현하고 싶었다. 예술의 사회적 기능을 고민하며 공존의 가지를 모색할 수 있는 예술가가 되기를 꿈꾸고 있다."

 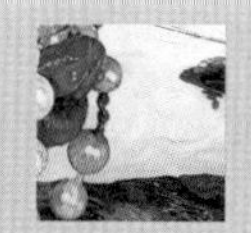  

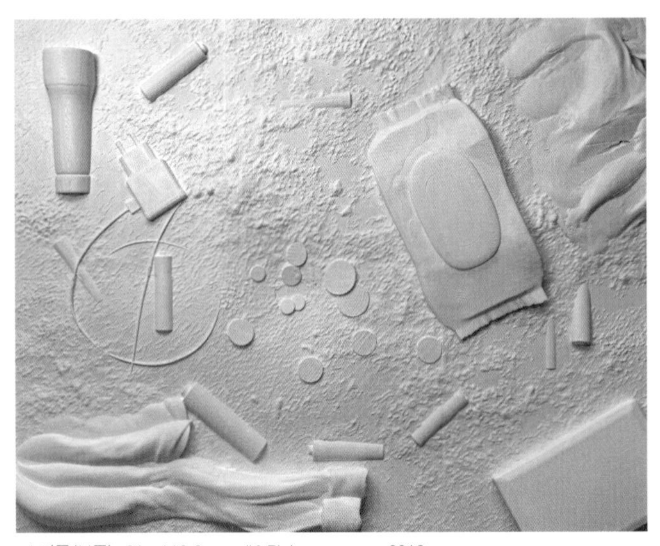

소지품(부조), 91×116.8cm, oil&PLA on canvas, 2019

Adam & Eve, 145.5×97.0cm, oil on canvas, 2011

Signal Error, 112.1×193.9cm, oil on canvas, 2011

Package-0515, 91.0×116.8cm, oil on canvas, 2009

Package-doll, 116.7×76.8cm, oil on canvas, 2010

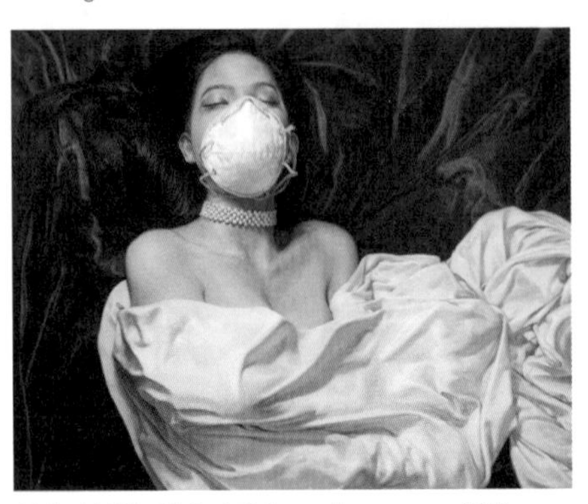

Veiled-1305, 91.0×116.7cm, oil on canvas, 2011

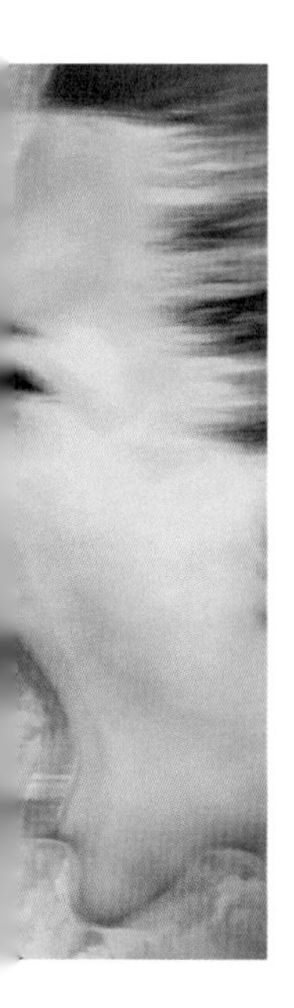

I lost my wings, 37.9×45.5cm. oil on canvas, 2013

Package-0421, 145.5×97.0cm, oil on canvas, 2009

SNIP: 因緣生起, 112.1×145.5cm, oil on canvas, 2014

City of complex, 197×290.9cm, oil on canvas, 2012

Moon on the red ground163.1, 227.3×162.1cm, oil on canvas, 2012

빙글 뱅글 돌다, 32×24cm, 종이위에 연필, 수채화, 2020

교 반 의 레 시 피 _ 화 가 정 회 윤 이 야 기

화가 정회윤 이야기

사포질 소리가 점점 커졌다. 선생님은 오전 내내 작업실에서 나오지 않았다. 점심을 하려고 거실 그릇장에 모셔두었던 프라이팬을 꺼내는데 자개가 반짝이는 찬합이 눈에 들어왔다. 뚜껑에는 자개를 붙여 그린 은하수가 그릇의 옆면에는 물결이 새겨진 검정 찬합은 한 번도 쓰지 않은 것이었다. 선생님은 젊어서부터 옷장보다 그릇장을 채웠고 혼자 먹는 밥상에서도 유독 그릇에 신경 썼다. 선생님이 만든 나전칠기 그릇은 발표할 때마다 비싼 값에 팔렸고 남은 것은 은하수와 물결 찬합뿐이다. 처음 선생님의 나전칠기 작품을 본 사람들은 그녀가 원래 서양화가라고는 상상도 못 할 것이다. 전통옻칠이 전혀 다른 화합물을 혼합해서 사용하듯이 선생님은 전통옻칠로 서양화를 그렸다. 선생님의 작품에는 붓으로 낼 수 없는 오묘한 느낌이 살아 있었다. 어느 작품에서는 전통옻칠을 입힐 때 내장재로 들어

교반의 레시피

가는 삼배 천을 일부러 밖으로 드러내기도 했는데 내 마음의 상처 같아 감정이 이입되기도 했다. 어느새 선생님은 작업실에서 나와 약 기운 때문인지 어눌한 말투로 말했다.
"프라이팬 코팅이 벗겨진 줄도 몰랐네."
"그러게요. 진작 버리지 그랬어요."
"너를 진작 버렸어야 했어."
나는 대꾸하지 않고 애호박을 얇게 썰었다. 매일 밥상을 차리는 것도 힘든데 오늘은 특별히 먹고 싶은 게 있다고 해서 여간 성가신 게 아니었다. 프라이팬에 얇게 썬 애호박을 넣고 다진 마늘, 새우젓, 들기름을 넣고 볶았다. 선생님은 베란다 쪽에서 냄새로 상태를 가늠하더니 물을 약간 붓고 끓이라고 했다. 국도 아니고 찌개도 아닌, 반찬 없이도 밥을 부드럽게 넘길 수 있는 요리가 완성되었다. 선생님은 애호박 볶음을 은하수와 물결 찬합에 담으라고 했다.

식탁에 수저를 놓다 말고 그릇장으로 갔다. 한 번도 쓰지 않고 모셔두었던 찬합을 꺼내려면 위에서부터 하나하나 꺼내야 했다. 애호박 볶음을 담을 은하수와 물결 찬합을 꺼내려다 싱크대로 갔다. 애호박 볶음을 과자를 담아 먹던 나무 그릇에 담았다.

"내 말을 귓등으로도 안 듣는구나."

"귀찮아 죽겠어요. 아무 데나 드세요."

나는 선생님의 휠체어를 식탁 앞으로 끌어다 놓고 밥을 펐다. 선생님은 애호박 볶음 맛을 보고 숟가락을 내려놓았다.

"간이 안 맞아. 싱거워."

"짜게 먹으면 신장에 안 좋아요."

선생님의 신장은 결석과 물혹으로 가득 찼다. 젊어서부터 몸은 돌보지 않고 작업에 빠져 있었던 탓이다. 몸속에 자리 잡은 암 덩어리가 더 커질지 모르지만 병원에선 노인의 회복능력을 고려해 신장을 도려내지 않기로 했다.

선생님은 식사를 하는 둥 마는 둥 수저를 내려놓더니 거울 앞으로 갔다. 자신의 바싹 마른 몸을 보는 선생님을 보자 지난겨울에 봤던 겨우살이가 떠올랐다. 차가운 칼바람을 맞으면서 자세를 흩트리지 않았던 나무의 가지에 겨우살이가 거머리처럼 달라붙어 있었다. 나무는 스스로 겨우살이를 떼어낼 수 없지만 선생님은 한식당을 하다 말아먹고 오갈 때 없어 빌붙은 나를 땔 수 있었다. 하지만 선생님은 내가 제자가 아니라 수양딸 같다며 나에게 가지를 내어주고 힘든 내색을 하지 않았다.

내가 예술 고등학교 2학년 때 선생님은 서양화 실기 선생님으로 오셨다. 그땐 뭐가 씌었었는지 그림에 흥미를 잃고 밖으로만 나돌 때였다. 학교에 나오지 않은 날은 나를 찾아 피시방에 찾아오기도 했고 언제나 실기실에서 나를 기다렸다. 선생님은 사춘기 소녀를 친구로 소개해주겠다고 하면서 내가 마음을 잡는 데 도움이 될 거라고 했다.

"필요 없어요. 사춘기는 중학교 때 졸업했거든요."

"너처럼 예민하고 어디로 튈지 모르지만 엄청난 기운을 품고 있단다."

선생님은 나를 자신의 작업실에 데리고 갔다. 선생님이 작업 중인 그림에서 핑크빛별이 반짝이고 있었다. 핑크빛별이 내 가슴에 들어와 녹았다. 선생님은 나에게 전통 옻칠로 그림을 그리는 과정을 보여줬다. 반짝이는 자개는 원래 반투명이라 자개의 뒷면에 옻칠과 빨간 안료를 교반해서 칠하면 핑크빛이 났다. 선생님이 칠하고 갈아내고 칠할수록 핑크빛별은 점점 밝아졌다. 나는 전통 옻칠에 반해 매일 작업실에 들러 칠하고 경화시키고 갈아내는 동안 방황의 터널을 빠져나왔다.

선생님은 장식장에서 떨리는 손을 더듬어 진통제를 찾다가 약통을 떨어뜨리고 말았다. 진통제를 찾을 수 없어서 나를 불렀다.

"나 없었으면 어쩔 뻔했어요."

"차라리 없는 게 속 시원하겠어. 너에게 실망했다. 전통 옻칠을 가르쳐준 건 너밖에 없는데……."

"대신 저는 알아주는 요리사가 되었죠."

선생님은 입을 꾹 다물고 나를 한참 바라봤다.

"그래, 네 식당에 처음 갔을 때 먹었던 쇠고기 표고버섯 볶음은 최고였어!"

선생님은 표정이 굳어지더니 양미간을 찌푸렸다. 요즘 잦

아진 통증이 더 심해진 모양이었다. 내가 원인 제공을 한 것처럼 모든 것이 미안했다.
설거지를 끝내고 시장에 다녀왔다. 주문해서 어렵게 구한 야생표고버섯은 갓이 얇고 기둥이 가늘며 썩은 고목에 붙은 이끼와 이슬의 향기가 났다. 야생버섯은 앞으로 의지할 사람 없이 홀로 살아가야 하는 내 처지를 떠올리게 했다.
선생님의 작업실에서 사포질 소리가 났다. 선생님은 사포질을 하다 쓰러질지도 모른다. 백골화판을 사포로 다듬고 생칠을 하고, 사포질을 하고 호칠을 하고 말리고 사포질을 하고, 토회칠을 하고 말리고 사포질을 하고, 생칠을 하고 경화시키고 사포질을 하고, 흑칠을 하고 경화시키고 사포질을 하고 나서야 옻칠화를 그릴 수 있는 바탕이 완성된다. 선생님은 하루도 거르지 않고 사포질을 했다.
쇠고기 표고버섯 볶음 요리를 시작했다. 먼저 쇠고기를 채 썰었다. 청주, 소금, 후춧가루를 뿌려서 재운 다음 야생표고버섯을 써내는데 울컥 가슴이 아팠다. 눈물이 앞을 가리더니 야생표고버섯에 눈물이 떨어졌다. 준비하지 않은 즉석에서 생성된 나만의 양념이었다. 눈물은 계속 야생표고버섯과 교반되었다.

작업실에서 나온 선생님은 침대에 누워 앓는 소리를 냈다. 오후의 빛은 들어왔던 창문을 통해 다시 방을 빠져나가고 있었다. 고개를 뻗어 침실을 바라 봤다. 지금은 세월의 주름이 많이 생겨났지만 한때는 미끈했던 후덕한 얼굴이었다. 뭔가 말하고 싶긴 한데 입을 꾹 다물고만 있었다. 나는 휴지로 눈물을 닦고 숨을 길게 들이마시고 내쉰 다음 야생 표고버섯의 밑동을 떼고 채 썰었다. 양파, 홍고추, 대파를 채 써는데 손이 떨렸다. 달군 팬에 식용유를 두르고 마늘을 볶아 향을 낸 다음 쇠고기를 넣고 볶다가 표고버섯을 넣고 볶은 다음 쇠고기가 거의 익었을 때 식용유를 두르고 양파, 대파, 홍고추를 넣고 볶고 불을 껐다. 소금을 살짝 뿌리고 참기름을 조금 두르는데 또 눈물이 떨어졌다.
그릇장에서 은하수와 물결 찬합을 꺼냈다. 찬합을 닦으며 한 끼 식사마다 뭘 그리 갖춰놓고 먹느냐고 타박했던 일이 생각나 가슴이 먹먹해졌다. 아직 써보지도 못한 그릇에 어울리는 요리를 계속하고 싶었다. 반짝이는 은하수에 선생님의 얼굴이 투영되었다. 선생님은 표정 없는 큰 눈으로 나를 응시했다. 그 눈은 신비할 정도로 맑았다. 그 은하수 너머까지 비쳐 보일 것처럼.

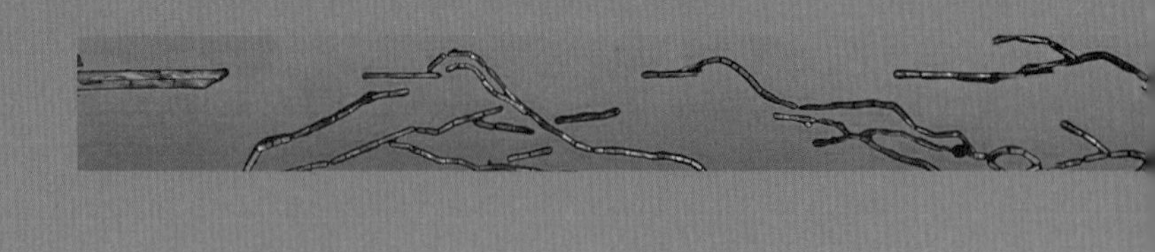

정회윤

나는 어느 한쪽에만 치우치지 않는 경계선에 있다. 미술작가이고 글과 그림을 함께 작업한 그림책 작가이며 학교에서는 미술교사이다. 서양화가로 출발했지만 공예적인 재료로 그림을 그린다. 미술 작업에서 쓰는 옻칠 재료는 다루기가 매우 까다롭다. 특정 습도와 온도에서 굳기 시작하는데 조건이 맞지 않으면 굳지 않거나 원래 칠한 색상이 변해버리기 일쑤고 잘못되면 귀찮아도 처음부터 작업을 다시 해야 한다. 옻칠 작업을 하면서 옻칠이 제 색을 내기까지 오랜 기다림이 필요하다. 교사로서도 학생들이 각자의 제 색을 내도록 오랜 기다림이 필요하다는 것을 깨닫는다. 나 또한 나만의 고유한 색을 내도록 차분히 기다린다. 기다림이란 타자를 인정하고 사랑하는 또 다른 방법일 것이다.

국민대 미술교육 석사 졸업. 일본치바국립대 디자인심리학 연구생 수학. 건국대 서양화 학사 졸업. 현재 덕원예술고 교사. 오픈갤러리 작가 www.opengallery.co.kr/artist/A0806/

개인전8회. 단체전 40여회. 작품소장(보각사, 순천시그림책도서관). 2019, 2018 Asyaaf & Hidden Artists Festival 선정. 갤러리 탐 공모선정. 2018 한중일 예술전 우수작가상. 2017 예술의 전당, 저작걸이展 선정. 제16회 원주시 한국옻칠공예대전, 입선. 그림책 출간 〈소금호수〉, 반달킨더랜드, 2016. www.instagram.com/chounghoeyoon

blog.naver.com/owlwave8 chounghoeyoon@hanmail.net

 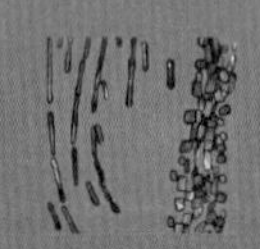  

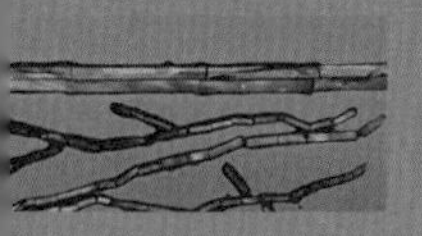
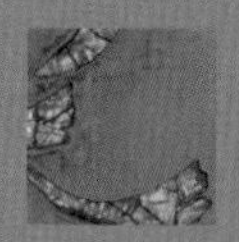

"내 작업은 전통옻칠 위에 그림을 그리거나 자개를 붙이고 그 위에 다시 옻을 입힌 다음 필요한 부분을 드러내기 위해 갈아내는 기법이다. 전통옻칠 기법은 힘들고 시간이 많이 소요되지만 고된 과정과 오랜 기다림을 통해 태어난 작품을 봤을 때 희열감이 크다. 작업 도중 무상무념의 상태에 이르면 예상치 못하는 우연의 효과도 나온다. 이런 것은 아무도 흉내 낼 수 없는 기법이 되기도 한다. 옻에 안료를 교반해 붓으로 칠하면 유화처럼 붓 자국이 그대로 남지 않는다. 의도한 붓 자국이 가다가 변형되더라도 미묘한 변화가 주는 붓으로 낼 수 없는 오묘한 느낌이 오히려 만족스러운 경우가 많다. 내 의도 대로 안 되는 측면의 보상은 자못 크다. 그것은 깨달음이다. 모든 것이 내 힘만으로 이루어지는 것이 아니라 그 절반은 자연이 자연스럽게 만들어 주는 것 같다. 전통옻칠은 나 혼자만 잘해서 되는 게 아니고 사는 것도 의지대로 펼쳐질 것 같지만 큰 흐름의 일부일지도 모른다고 생각하게 해준다. 또한 전통옻칠은 기존 질서와 반대의 특성이 있다. 옻칠이 잘 경화되려면 습기가 있어야 한다. 기존 물감은 습기를 싫어하지만 옻칠은 습기를 받아들인다. 이렇듯 옻칠을 작품으로 끌어안으려면 기존의 생각에 벗어나는 발상의 전환이 먼저 이루어져야 한다."

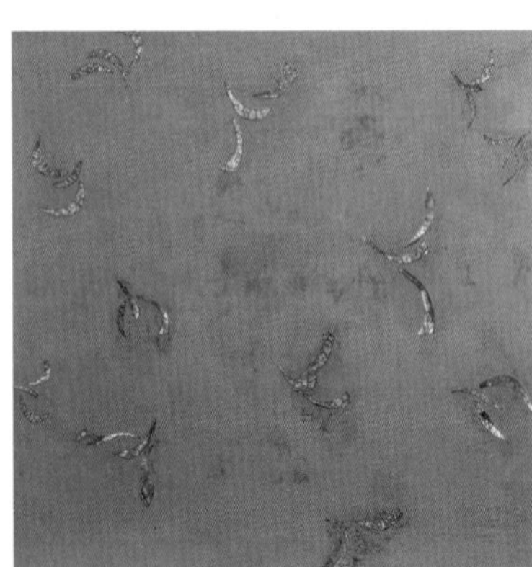

소금호수#08황금새, 70×70, 자작나무에 천연 옻칠, 자개, 2015_**위 좌**
목단부엉이, 70×70, 자작나무에 천연 옻칠, 자개, 2018_**위 우**

벚꽃, 90×50, 자작나무에 천연 옻칠, 자개, 2018
은하수와 물결, 안면, 2016_**아래**

버드나무2, 30×50, 자작나무에 천연 옻칠, 자개, 2018
버드나무1 30×50, 자작나무에 천연 옻칠, 자개, 2018_ **우측 페이지**

소금호수 도마뱀, 60×60, 자작나무에 천연 옻칠, 자개, 2015 _ **위**

소금호수#9새들의 노래, 50×40, 나무에 천연 옻칠, 자개, 2014 _ **오른쪽 페이지 상**

소금호수#8탄생, 60×40, 자작나무에 천연 옻칠, 자개, 2016(액자) _ **오른쪽 페이지 중**

소금호수#15소나기, 60×40, 자작나무에 천연 옻칠, 자개, 2016 _ **오른쪽 페이지 하**

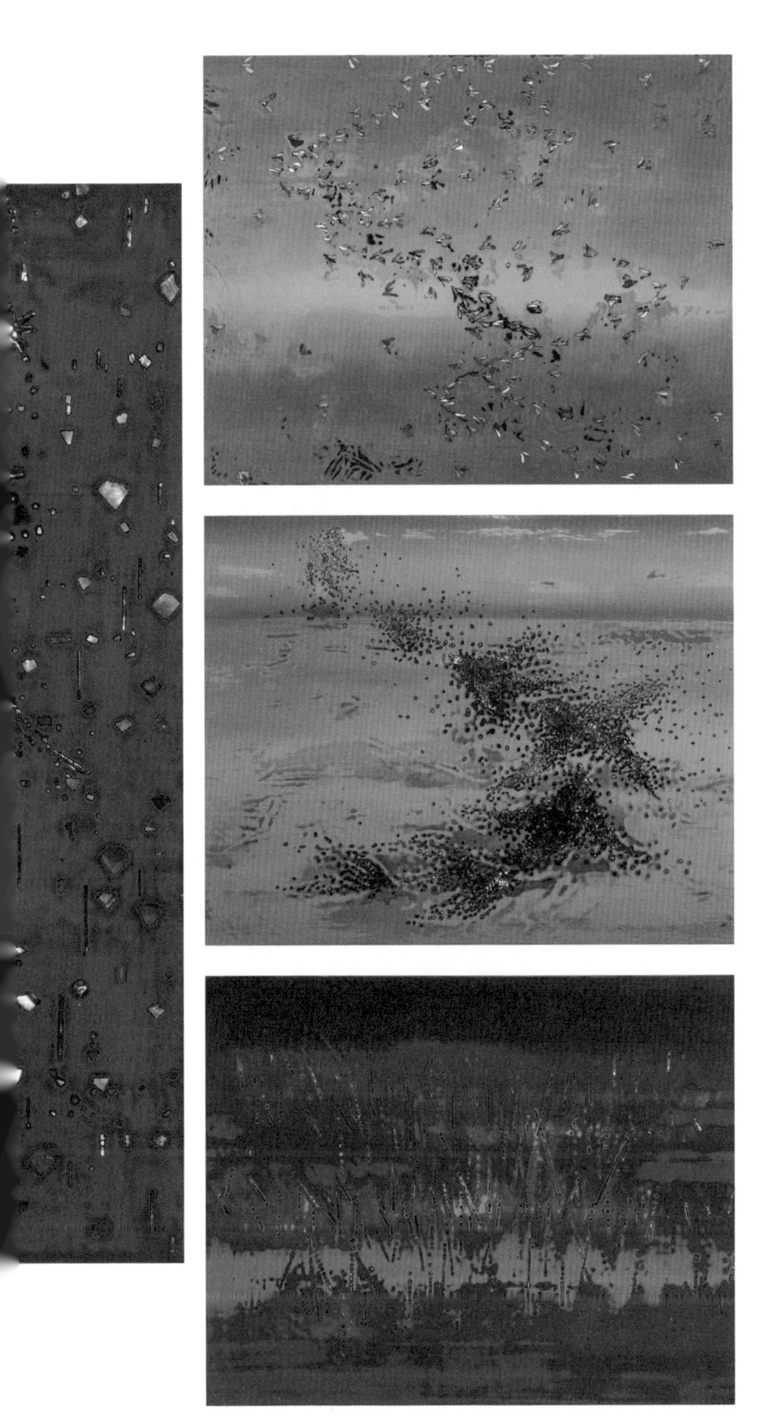

붉은 고치 _ 화가 김형관 이야기

화가 김형관 이야기

관객이 직접 작품을 만들고 체험하는 전시를 기획하고 그를 찾아갔다. 그는 작업실에서 우레탄 도료를 칠한 판넬에 반사 재질의 시트지를 동그랗게 오려 붙이고 있었다. 동그라미는 기하학적인 형태로 나열되었는데 비가 내린 뒤 파인 땅의 물웅덩이를 연상시켰다. 물웅덩이는 시점에 따라 대상이 다르게 비치기 때문에 대상을 어떻게 보느냐에 따라, 어떤 시각을 갖느냐에 따라 본질이 달라진다는 의미인 듯했다.

그의 머리는 2003년 개봉한 '올드보이'의 주인공 오대수의 머리스타일에 부분 염색까지 해서 피에로 같았다.

"호일파마가 잘 어울리십니다."

"20년 전 대구에서 서울로 올라왔을 때 이 머리를 했어요. 그 덕에 트렌드 세터로 인식되어 광고회사에 취직할 수 있었고 디자이너로 근무하는 동안 화려한 색감에 눈을 떴어

붉은 고치

요. 그 시절로 돌아가고 싶은 마음에 파마를 했어요."

나는 밤색 우레탄 도료를 칠한 판넬 붙은 시트지에 비친 그를 관찰했다. 그는 날카로운 이빨을 드러낸 악마로 보였다. 잠시 후 그가 판넬에서 조금 떨어지자 풀을 뜯는 양으로 보였다.

"그 시절, 좋은 추억이 많은가요?"

"그렇진 않아요. 요즘 시간을 소재로 작품을 구상 중인데 기분 전환을 위해 가장 열정적으로 보낸 시절의 머리를 했어요. 시간은 우리가 인생이라는 긴 여행을 통과하기 위해 정해 놓은 규칙이라고 생각해요. 과거의 나도 미래의 나도 결국에는 똑같이 흘러간다고 생각해요. 내가 절실하게 원하면 결국 만나게 되고 연결되고 같은 물줄기가 되어 흘러가는 거죠. 시간여행을 한다면 2008년으로 돌아가 보고 싶긴 해요."

"그해, 좋은 일이 많았나요?"
"숭례문 방화사건이요. 국보 1호가 무너져 내리는 모습이 상처로 남아 있거든요. 그때로 가서 방화를 막고 싶어요."
"참 안타까운 일이었죠."
"요즘 창작의 불이 잘 안 붙어서 그래요. 불똥이 튀어야 하는데 장작이 젖어서 그런지 부채질을 해도 타오르지 않고 바로 꺼져요."
창작의 불을 지피기 위해 필요한 바람에 관해 논의하다가 직접 체험하는 전시에 관해 설명하고 초대작가로 참여해 달라고 했다. 전시공간을 나눠 1층에는 지금까지의 그의 대표작을 소개하고 2층에는 전시와 관람객이 체험하는 전시를 하나로 연결하는 기획이었다. 직접 체험 전시는 가상현실의 등장으로 실제의 현실을 제대로 느끼지 못하고 모든 감각이 점점 퇴화하는 현대인의 감성을 자극하는 전시였다. 그는 내가 운영하는 갤러리가 원래 사람이 살았던 상가주택을 개조한 전시공간인 것이 마음에 든다고 했다. 1층은 작은 분식집을 할 만한 크기의 상업공간이고 2층은 가정집이었다. 긴 세월 동안 사람이 살았던 집에 대한 새로운 의미를 찾고 대상을 통해 끊임없이 자신을 표현하기 좋은 공간이었다.
몇 달 후 전시회가 열렸다. 갤러리 1층 윈도부터 그의 작품이 시작되었다. 전면 유리와 가게의 출입문까지 수백 켤레의 신발이 가득 달라붙었다. 운동화부터 하이힐까지 선명한 색상의 컬러비닐테이프를 오려 붙여서 만든 작품은 대량생산으로 쏟아져 나온 유명브랜드 상품을 한곳에 모아 놓고 사진을 찍은 것 같았다. 그 자체로 스펙터클한 기운이 넘쳐 현대문명을 은유하기에 충분했다. 운동화 갑피의 패턴을 뜨듯이 칼로 컬러비닐테이프를 오려 붙였을 노고에 감탄하다 몇 발자국 떨어져서 보니 줄 서서 한참을 기다리다 겨우 자리가 나는 유명식당의 입구 같았다.
1층 전시공간의 벽은 사방이 거울이었다. 거울엔 컬러비닐테이프로 오려 붙인 여자 만화 캐릭터들이 한가득 그려져 있었다. 서로를 마주보는 두 면에만 그림이 붙었는데 거울에 비춰 사면에 다 컬러테이프 작업을 한 것처럼 느껴졌다. 그의 작품은 우리 내면에 감춰져 표현되지 않은 감정을 반영하는 거울이란 생각이 들었다.

거울에 그린 여자 만화 캐릭터들은 원근감이 나게 뒤에 배치할수록 점점 작아지는 형태라서 수많은 군중이 무대를 둘러싸고 있는 착각이 일었다. 하얀 바닥에는 얇은 컬러비닐테이프가 엉킨 실처럼 어지럽게 맴돌다 중앙으로 이어졌다. 관람객의 뿌연 발자국이 바닥에 여기저기 찍혀 지저분해 보였지만 발자국도 작품의 일부처럼 여겨졌다. 하얀 바닥의 중앙에 만들어진 평상 같이 눕혀진 모니터는 공연장의 무대 같았다. 무대에는 그의 작품 사진이 계속 이어졌다. 소개되는 작품 중에 불타는 숭례문을 그린 작품이 인상 깊었다. 자신도 대표작으로 꼽는 작품이었다. 컬러비닐테이프의 물성과 색채를 최대한 살린 그림이었다. 대한민국의 국보 1호가 70대 노인의 분풀이 대상으로 인해 소실되는 모습이 생생하게 느껴졌다. 사회에 대한 분풀이로 저지른 방화의 진화작업을 생중계로 보고 있는 듯한 장면은 아이러니하게도 웅장하고 아름다웠다. 숭례문 화재 장면을 그린 작품들은 각각 5초 간격으로 넘어갈 때 거울에 그려진 여자 만화 캐릭터들이 밝게 웃는 모습이 오버랩 되었다. 하얀 바닥에 엉킨 실처럼 어지럽게 붙은 얇은 컬러비닐테이프 선은 나와 관계없을 것 같은 사건이지만 알게 모르게 다 연결되어 있다는 의미로 해석하는 관객들도 있었다.
2층 전시장 입구 탁자에 관람객을 위한 다양한 색상의 컬러비닐테이프를 쌓아 놓았다. 관람객은 1㎝ 너비의 컬러비닐테이프로 전시공간의 하얀 벽에 마음대로 그림을 그리라고 안내했다. 벽과 기둥에 하얀 합판을 마감하여 커다란 캔버스 느낌을 냈다. 전시장의 중앙에는 투명 아크릴판이 세워 컬러비닐테이프로 그린 그림이 앞뒤로 보이게끔 했다.
관람객 중 몇 명이 테이프를 뜯어 벽에 그림을 그리기 시작했다. 관람객들은 별을 그리고, 엉켜 뭉쳐진 컬러비닐테이프는 꽃망울이 되고 지니고 있던 물건을 컬러비닐테이프로 벽에 붙여 놓기도 했다. 관람객이 불어나면서 컬러비닐테이프를 뜯는 소리가 점점 커졌다. 아이들은 벽에 테이프를 붙이며 방안을 한 바퀴 돌기도 했다.
2층 입구와 마주 보는 벽에 그가 컬러비닐테이프로 먼저 그림을 그려놓았다. 어떠한 의도 없이 기하학적인 문양들이 즉흥적으로 조합하는 방식으로 그린 작품이었다. 한정된 색상으로 본능적으로 그린 그림을 가만히 쳐다보고 있으면 장작불이 일렁거리며 춤을 추는 형상이었다. 어느 아이가 춤추는 불에서 튄 불똥 같은 선을 이어 그림을 그리자 그걸 지켜보던 관람객들도 아무런 제약을 느끼지 않고 다른 사람이 붙인 테이프 위에 테이프를 덧붙이기도 했다. 억눌려 있던 욕망의 분출구를 찾은 듯한 관람객이 빠져나가고 새로운 관람객이 들어오면서 벽면에 그림이 퍼져나갔다. 관객들은 빈자리가 없자 뒤뜰 창고에 있던 사다리를 2층으로 가져와서 천장에 그림을 그렸다. 천장에도 컬러비닐테이프 선이 가득 찼다. 관객들은 사다리를 들고 계단을 타고 내려오면서 그림을 그렸다. 계단 통로의 천장, 벽에도 컬러비닐테이프 선이 그어졌다. 다른 관객들은 건물의 외벽에 그림을 그리기 시작했다. 손이 닿는 곳까지 컬러비닐테이프 선이 가득 차자 사다리를 타고 올라가 건물 외벽에 그림을 그렸다. 준비한 컬러비닐테이프가 다 떨어질 때까지 관객들은 그림을 그렸다. 관객들은 어지럽게 이어지는 선을 보는 순간 마법에 걸리는 듯했다. 붙어 있는 선을 뜯어내는 관객은 없었다. 선을 이가 가고 덧붙일 뿐이었다. 거미줄같이 달라붙어 실핏줄 같던 선들은 나무뿌리가 되었고 나뭇가지 같던 선들은 울창한 숲이 되었다. 오래된 2층짜리 상가주택은 거대한 고치를 현란하게 염색한 것 같은 형상으로 변했다. 컬러비닐테이프가 더 있었다면 관객들은 지붕에도 그림을 그렸을 것이다.

해가 지고 관람객이 하나둘씩 빠져나갈 즈음 그가 술 냄새를 풍기며 나타났다. 나는 거대한 고치로 변한 갤러리를 바라보며 말했다.

"컬러비닐테이프 제거하려면 돈깨나 들겠는데요."

"길이 보존했으면 좋겠는데. 어쩔 수 없죠."

나는 박하향의 담배를 입에 물고 불을 붙였다. 그의 검은 뿔테안경에 붉은 불빛이 반사됐다. 나는 담배 연기를 깊게 빨아들이고 길게 내뿜고 나서 말했다.

"불이 나서 다 타버렸으면 좋겠어요. 컬러비닐테이프가 시커멓게 녹아내리는 모습, 볼만하겠는데요."

그가 형형한 눈빛으로 나를 노려보며 말했다.

"건물 자체가 작품인데 다 타버렸으면 좋겠다고요?"

"비닐테이프는 어차피 일회성이잖아요. 화재가 화젯거리가 될 거예요."

"술은 내가 마셨는데 취한 사람은 따로 있네요."

"어디 가서 한잔 더 하실래요?"

그는 손을 내저으며 집으로 갔다. 나는 전시장의 문을 잠그고 골목을 빠져나오다 거대한 고치를 감상했다. 관람객이 만든 형형 색깔의 고치는 그가 또 다른 세계로 나가는 에너지를 제공할 것이다. 거대한 고치 위로 붉은 하늘이 눈부시게 아름다웠다. 한참 바라보니 석양 때문에 고치가 벌겋게 달궈진 것 같았다. 어디선가 불씨가 날아와 고치가 순식간에 타오르는 상상을 했다.

김형관

겨울이면 봉황대와 계림숲, 화랑교육원의 벌판을 헤집고 다녔고, 여름이면 암곡 차디찬 계곡물에서 개구리, 물고기, 풀들 속에서 함께 놀아서인지 자연의 놀라운 생명력과 변화하는 생동감, 풍부한 생태계의 환경에 파묻혀 살았던 기억이 있다. 미술을 좋아했고 화방과 미술 재료에만 익숙했던 나는 큰 도시에 올라와 다양한 생태종들처럼 방산시장에 컬러 박스테이프와 시트지, 색감이 강한 반짝이는 재료들이 있다는 사실에 흥분했다. 어릴 때 아버지가 하던 가구점 박스, 포장지 등을 가지고 놀기를 좋아했던 소년이 물감을 버리고 캔버스에서 나와 건물의 외벽에 이르기까지 빈 여백에 색상을 메우며 작업하고 있는 것은 어쩌면 당연한 일인지도 모른다.

김형관은 경북 경주에서 태어나 2000년도 부터 서울에 정착해 작품활동을 하고 있다. 2016년 '오복시장'이라는 커뮤니티 프로젝트 팀을 만들어 운영하기도 했고 다수의 단체전과 일곱 번의 개인전을 열었으며 2019년 화성 파사드 프로젝트, 2018년 월곶예술공판장에서 미스테리- 에너자이저 프로젝트, 2017년 서서울예술교육센터에서 마을공동체 커뮤니티 깊무가소 프로젝트를 진행하였다.

"그자체로 매체의 역할을 할 수 있을 정도로 매력적인 소재를 찾다가 방산시장에서 선명한 컬러비닐테이프를 만났다. 컬러비닐테이프는 간편하고 임시적이고 가변적인 요소를 바탕으로 다른 소재와 이질적인 느낌을 자아낸다. 또한 감겨 있으면 불투명의 단단한 색이지만 한 꺼풀은 반투명하다는 것도 매력적이다. 컬러비닐테이프를 잘라서 덧바르듯이 겹쳐 붙여 그림을 그렸다. 첫 개인전은 컬러비닐테이프 작업이었다. 서울에 올라와 형에게 얹혀살 때 존재감이 없는 나는 투명인간 같았다. 나는 있는 것 같은 데 없는 투명인간의 모습을 비닐에 컬러비닐테이프로 묘사했다. 당시 컬러비닐테이프로 그린 해질녘의 풍경과 화려한 백화점의 모습이 모두 쓸쓸해 보이고 비현실적이다. 요즘은 관객의 감정을 장소와 공간에 맞춰 어떻게 끌어낼 것인가 고민 중이다. 건축의 도면을 보며 구조를 상상하면서 전시공간을 기획한다. 가변 벽, 창문, 미로 같은 동선, 환풍기에 의한 실내 공기의 흐름 등을 통해 느껴지는 감정까지 생각한다. 단독주택을 전부 전시장으로 만들어 볼 생각이다. 지하부터 2층까지 사람이 실제 살았던 공간을 활용한 전시 공간 그 자체가 작품이 되는 것이다. 기존 예술작품처럼 간접경험이나 가상현실이 아니라 직접 체험하는 살아있는 작품을 구상 중이다."

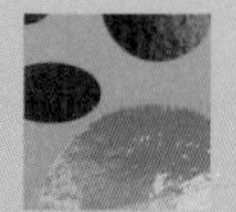  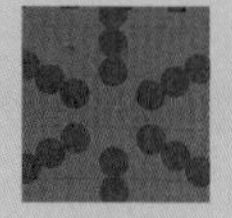 

쉘 위 댄스, 영등포 디큐브백화점, 2014

시간을 흐르는 선, 서울 디지인지원센터, 2014_**상**

미로, 청주시립미술관, 2017_**하**

달리는 파사드, 부천 테크노 파크, 2012

무제#, 130×180cm, 종이에 컬러테이프, 2009

shoes#1, 97×130.5cm, 종이에 컬러테입, 2007

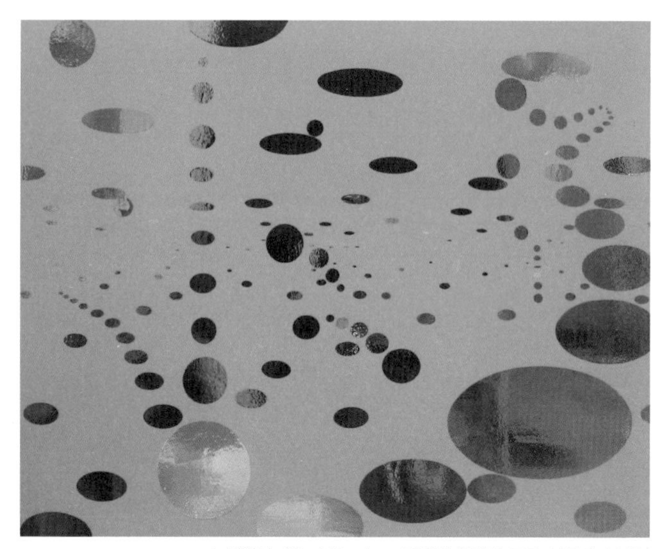

녹색광선, 99×122×4cm, 판넬에 우레탄 도료, 시트지, 2003

mode# 1, 73×103cm, 종이에 컬러 테이프, 2008

untitle#1, 140×107cm, 종이에 컬러 테이프, 2008

뜻밖에 만남, 화성어린이복합문화센터, 2019_상
자기이해를 위한 의례, 혼합재료, 가변설치, 2019_하

밀 밭 의 총 소 리 _ 화 가 서 화 라 이 야 기

화가 서화라 이야기

1890년 당시 37세인 빈센트 반 고흐는 들로 나가 가슴에 리볼버를 당겼다고 한다. 그는 즉사하지 않았고 라라 부부의 여인숙으로 돌아와 이틀 뒤 동생 테오가 바라보는 가운데 숨을 거두었다고 한다. 아니다. 그것은 사실이 아니다. 고흐는 자기 죽음에 관한 진실을 세상에 알리고 싶어 나를 불렀다.

갤러리에서 진행한 명화 아트테라피에 참가했다. 명화를 통한 치유가 목적이었다. 30대 중반에 프랑스 유학을 다녀와 모교에서 10년 넘게 서양화과에서 강의했다. 가을학기를 마지막으로 작품에만 몰두하기로 했다. 훌훌 털어버리니 하루하루가 즐거워졌다. 명화 아트테리피에 참여 한 날은 날씨가 너무 좋아서 화려하게 입고 싶었다. 연두색 바지에 무늬가 요란한 주황색 티셔츠를 받쳐 입고 차양이 넓

밀밭의 총소리

은 모자까지 썼다. 갤러리에 전시된 작품보다 네가 더 눈에 띄었다. 갤러리 직원들의 검은색 옷을 보는 순간 그곳이 납골당처럼 느껴졌다. 직원들은 흰 장갑을 끼고 곳곳에 배치되어 꼬맹이들이 관람동선을 넘지 못하게 감시했다. 죽은 공간에서 진행된 명화 아트테라피에 참가하는 동안 화려한 내 옷보다 더 민망한 것이 있었다. 참가한 사람 중에 성인은 나와 유치원 꼬맹이들의 인솔 교사 한 명 뿐이었다. 꼬맹이들의 뒤를 졸졸 따라갔다.

전시장 바닥에 앉아 미술치료사가 시키는 대로 작품에서 눈을 떼지 않고 스케치북에 그림을 옮기는 드로잉을 했다. 내가 선택한 작품은 빈센트 반 고흐의 〈까마귀가 나는 밀밭〉이었다. 원화는 아니고 고흐의 특별전을 알리는 대형포스터에 들어간 그림이었다. 내 스케치북에는 낙서 같은 선이 어지럽게 이어졌다. 연필을 종이에서 떼지 않고 대상만 바라보며 그리는 블라인드 컨투어 드로잉은 실체를 향한 접근 과정을 고스란히 파악할 수 있는 색다른 경험이었다. 컨투어 드로잉을 하고 나서 나는 눈을 감고 다시 〈까마귀가 나는 밀밭〉을 드로잉 해봤다. 원화보다 더 멋진 작품이 스케치북에 펼쳐졌다. 내 작품 중에는 고흐에 대한 오마주가 많이 등장한다. 고흐가 살았던 공간을 그의 작품을 통해 상상하다가 실제 고흐가 살았던 공간에 가보고 느낀 감정을 동시에 화폭에 담았다. 초라하고 썰렁한 공간이었지만 고흐와 같이 있다는 동질감을 느꼈다. 사람들이 내 작품을 보고 고흐와 같이 있다는 느낌을 받았으면 좋겠다. 그런 동질감을 통해 그림 전시 공간이 따뜻하고 편안한 곳으로 변했으면 좋겠다는 생각하는데 옆에 앉은 꼬맹이가 내 드로잉을 보며 말했다.

"벌레가 기어간 자국 같아요."

"네 드로잉은 유에프오의 신호 같구나. 내가 그린 건 고흐가 살았던 생존의 궤적이란다."

꼬맹이는 계속 내 드로잉을 훔쳐보며 웃었다. 나는 돌아앉으며 한마디 해줬다.

"신나게 그려서 유에프오를 호출하렴."
가을학기 특강 때 학생들과 컨투어 드로잉을 응용해서 대상을 관찰하고 눈을 감고 상상을 덧붙이는 드로잉을 시도해 보기로 했다. 눈을 감고 상상에 의존해 보는 것. 눈으로 보이는 것만이 사실이 아니라는 생각이 들었다. 사실이 아니라고 진실이 아닌 게 아니듯이 진실은 상상에서 나올 수도 있다. 그런데 한숨이 절로 나왔다. 맨날 예술적인 생각만 하다니. 사실이든 진실이든 그게 문제가 아니라 이제부턴 미술시장에서 내 그림 값을 어떻게 올리느냐가 문제였다.
컨투어 드로잉이 끝나고 미술치료사가 연출한 화살표를 따라 전시장을 관람하던 중 선을 이탈하여 화장실에 가려고 출구를 찾았다. 비상구 표시등을 보고 구석으로 들어갔다. 그곳엔 작은 창이 달린 문이 있었다. 문에는 VIP 상담실 이라고 팻말이 붙어 있었다. 도금된 팻말은 부조 작품처럼 정교하고 품위 있었다. 미술계의 큰손이 오면 이곳에서 작품을 보며 흥정하는 모양이었다. 문 앞에 서서 작은 창을 바라봤다. 창밖으로 낮은 담벼락 사이로 빨간 고깔모자 같은 지붕의 집들이 보였고 그 뒤로 노란 평야가 펼쳐져 있었다. 내가 넘볼 수 없는 세계 같았는데 자세히 보니 정겨운 유럽의 농가 풍경이었다. 방안에 커다란 풍경화가 걸려있는 것 같아서 문을 열었다. 날아갈 정도로 세찬 바람이 몰아쳤다. 재미있는 설치작품이 아닐까 하고 앞으로 나갔다. 저절로 문이 닫히는 순간 눈이 부셔 고개를 숙였다.

불타는 노랑 그것은 태양의 빛깔이었다. 나는 결실과 수확기의 밀밭 한가운데 서 있었다. 까마귀 떼가 내 주위를 맴돌다 먹구름을 향해 날아올랐다. 덜컥 겁이 났다. 다시 현실로 돌아가는 입구를 찾아 까마귀 울음소리를 들으며 밀밭을 가로질렀다. 얼마나 걸었는지 알 수 없었다. 허리가 휘어지도록 알곡을 매단 밀밭에 세워진 이젤과 캔버스가 보였다. 바람이 불었다. 잠시 후 캔버스 뒤로 사내가 구부정한 허리를 폈다. 그는 머리에 감은 붕대사이로 삐져나온 오렌지 빛깔 머리칼을 바람에 날리며 나를 노려봤다. 나는 뛸 듯이 기뻤지만 그는 내가 안중에도 없었다. 그는 캔버스 가까이 다가오는 까마귀를 쫓으며 붓을 놀릴 뿐이었다.

내가 곁으로 다가가도 그는 밀을 수확하는 농부처럼 쉬지 않았다. 나는 십 년이 넘게 쓰지 않은 녹슨 불어로 말더듬이처럼 말했다.
“내가 존경하는 천재를 만나다니 정말 꿈만 같아요!”
그는 붕대사이로 흐르는 땀을 손등으로 훔쳐낼 뿐 말이 없었다. 그의 붓질이 점점 격해졌다. 밀밭이 바람에 흔들렸다. 그는 붓질로 바람을 일으키고 있었다. 그에겐 내가 보이지 않거나 내 목소리가 안 들리는지도 몰랐다. 나는 그에게 다가가 손을 휘저으며 큰 소리로 말했다.
“당신 그림 값이 얼마나 비싼지 아세요?”
“당신도 내가 빨리 죽길 바라는 화상이요?”
“아니에요. 당신의 작품을 좋아하는 미래에서 온 화가라고요.”
그는 물감 튜브에서 물감을 듬뿍 짰다. 화면이 두꺼운 질감으로 채워지기 시작했다. 그는 튜브 끝을 말아 올리면서 말했다.
“그림을 사고 싶으면 지금 돈을 주시오. 다른 사람이 가져가기 전에. 동생이 생활비를 보내 줬는데 앞으론 기대할

수가 없어."

"지금은 현금이 없어요. 집에 다녀 올 수 있다면 좋을 텐데…."

어떻게 돌아갈 수 있을까. 궁리하는데 동네아이들이 몰려와 그에게 돌을 던지며 미친놈이라고 했다. 나는 그를 가로막고 큰소리로 아이들을 쫓아버렸다. 당시 사람들이 그를 어떻게 생각했는지 알 수 있었다. 잠시 후 그가 까마귀를 그리기 시작하자 허공을 맴돌던 까마귀들이 그림 속으로 달려들어 그림 속의 까마귀들을 몰아냈다. 어느 시대든 어디에서든 짐승들의 영역싸움은 치열했다. 짐승들은 오로지 자기 먹이를 위해 영역을 지키는데 사람들은 자기 것을 지키는데 머물지 않고 남의 것을 빼앗으려 영역을 확장한다. 나는 기름통에 꽂혀있던 그의 붓을 휘둘러 까마귀들을 몰아냈다. 이번에는 검은 정장을 말끔히 빼입은 자들이 마차를 타고 나타났다. 그는 붓질을 멈추더니 그들과 얘기를 나누었다. 그들 중 한 명이 그에게 지폐 몇 장을 건넸다. 그들은 그가 죽지 않을 만큼의 빵 값만 줬던 화상들 같았다.

하루를 마감하는 태양이 황금빛 밀밭을 붉게 물들였다. 드디어 〈까마귀가 나는 밀밭〉이 완성되었다. 그는 캔버스에서 떨어져 자신의 작품을 감상했다. 그때 밀밭에서 붉은빛이 나는 사내가 불쑥 튀어나왔다. 사내의 손에는 리볼버가 들려 있었다. 나는 그 보다 그의 작품이 염려스러웠다. 사내가 다가와 그의 가슴에 총구를 들이댈 때 나는 그림을 들고 밀밭으로 뛰었다. 끝없는 밀밭이었다. 총소리가 났다. 나는 달리다 말고 뒤를 돌아봤다. 그는 쓰러져있었다. 붉은 사내가 나에게 총을 겨누더니 하늘에 대고 방아쇠를 당겼다. 천둥소리와 함께 검푸른 하늘에 섬광이 퍼졌다. 놀란 까마귀들이 방향을 잃고 사방으로 흩어졌다. 나는 시간이 멈춘 것처럼 꼼짝할 수가 없었다. 마르지 않은 그의 작품이 훼손 될까 봐 그림을 두 손으로 높이 받히고 있었다. 붉은 사내가 붉게 변한 밀밭에 굵은 선을 그리며 다가왔다. 붉은 사내는 내 관자놀이에 총구를 댔다.
"세발 살려주세요. 그림만 가져가면 되잖아요!"
붉은 사내에게 그림을 건넸다. 붉은 사내는 그림을 조심스럽게 받았다. 리볼버를 잡은 붉은 사내의 손이 떨렸다. 나는 눈을 감고 기도했다. 철컥.
문이 열림과 동시에 바닥에 나뒹굴었다. 현실과 밀밭의 잔상 사이에 흐릿한 경계선이 보였다. 밀밭의 잔상이 사라졌다. 그곳은 갤러리의 세미나실이었다. 꼬맹이들이 커다란 테이블에 모여 앉아 크레파스로 〈까마귀가 나는 밀밭〉을 묘사하고 있었다. 미술치료사가 작품에 대해 설명을 했다.
"고흐는 동생 테오에게 보낸 편지에서, 폭풍의 하늘에 휘감긴 밀밭의 전경을 그린 이 그림으로 자신의 슬픔과 극도의 고독을 표현할 수 있을 것 같다고 이야기했대요. 그러니까 지평선이라는 드넓은 전망과 폭풍우가 몰아치는 바다처럼 사납게 일렁이는 대지, 거기에 까마귀가 활개를 치며 날아가는 불안한 화면을 통해 인간 영혼의 고독과 슬픔을 표현한 작품이에요. 여러분 고흐는 왜 그토록 외롭고 슬펐을까요?"

유에프오를 그렸던 꼬맹이가 나를 보고 웃었다. 그 꼬맹이가 자기가 그린 그림을 자랑하듯이 들어 보였다. 밀밭에 붉은 사내가 아직도 나를 향해 총을 겨누고 있었다. 나는 쫓기듯이 그 방을 뛰쳐나왔다. 출구로 가는 동선을 무시하고 전시장을 가로질렀다. 갤러리를 무사히 빠져나왔다. 가로수 잎을 통과한 연둣빛 햇살이 물방울 같았다. 주황색 티셔츠에 아롱거리는 햇살을 보다가 노란 자국이 있어 휴지로 닦았다. 그건 유화물감이었다.

서화라

화 가 를 만 나 소 설 을 그 리 다

프랑스 파리8대학교 조형예술학과 학사 석사 졸업. 경기대, 인하대에서 서양화 강의를 했다. 초창기 작품은 과거에는 존재하지 않았지만 현재는 존재하는 것과 과거에는 존재했지만 현재에는 부재한 망각과 기억에 관한 작업이었다. 고국으로 돌아와 일상을 모티브로 한 주제로 작업을 해보다 최근에는 미술관이 따뜻하고 편안한 곳으로 변했으면 하는 바람으로 '미술관에 사람이 산다' 시리즈를 발표하고 있다.

개인전 10회, 초대전 7회, LA국제전, 창작미술협회전 등 단체전 60회, 과천 국립현대미술관 미술은행에 〈미술관에 사람이 산다〉가 소장되었다.

"파리 유학 때 사진의 예술성을 알게 되었다. 혼자 지난 사진을 재해석하면서 과거에는 존재하지 않았지만 현재는 존재하는 것, 과거에는 존재했지만 현재에는 부재한 것을 생각하며 〈기억과 망각〉에 관해 고민했다. 그림을 그리고 특정부분을 오려 비어있게 만들어 망각하게 하고 그런 작품들을 서로 겹쳐 기억하게 하는 작업이었다. 망각의 의미인 오려낸 부분은 관람객의 상상을 자극하는 방법이었다. 최근에는 〈미술관에 사람이 산다〉 시리즈를 작업하고 있다. 〈기억과 망각〉처럼 화면의 일부를 잘라 내여 비우는 기법보다 〈미술관에 사람이 산다〉처럼 화면을 장식하듯 채우는 아크릴 물감 작품에 대한 반응이 더 좋다. 아마 기법의 시각적 효과보다는 미술관을 상징으로 우리 사회의 보이지 않는 경계선을 공감하기 때문인 것 같다. 우리를 둘러싸고 구분하는 보이지 않는 경계선은 굵고 강하다. 관습, 문턱, 진영, 배제, 위압감이 가득한 영역의 선이 어느 부분은 점선이었다가 또 어느 부분은 느슨해지거나 사라졌으면 좋겠다."

인터뷰

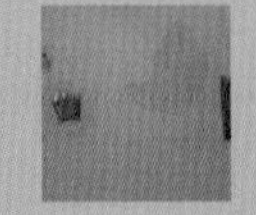

미술관에 사람이 산다, 30×30cm, Acryic on canvas, 2016

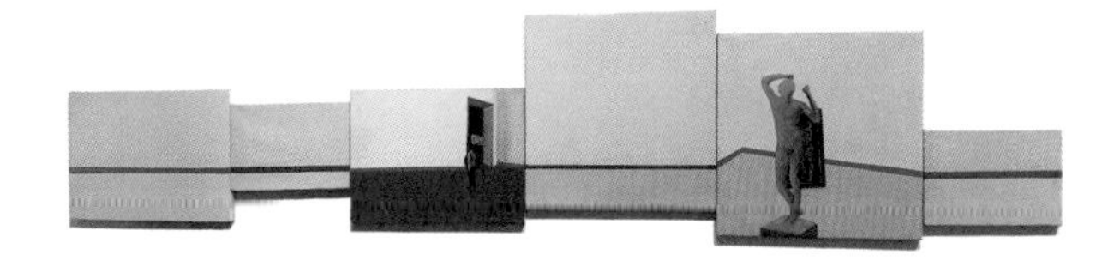

The people live in museum, 미술관에 사람이 산다, 60×100cm, Acryic on canvas, 2010_상
The people live in museum, 미술관에 사람이 산다, 64×32cm, Acryic on canvas, 2019_중
The people live in museum, 미술관에 사람이 산다, 64×32cm, Acryic on canvas, 2019_하

The people live in museum, 미술관에 사람이 산다, 130×162c
Acryic on canvas, 2019_상
The people live in museum, 미술관에 사람이 산다, 130.
97.0cm, Acryic on canvas, 2016_하
고흐 예찬, 90.9×72.7cm, Acryic on canvas, 2016_오른쪽 페이지
고흐 예찬, 90.9×72.7cm, Acryic on canvas, 2016_오른쪽 페이지
프랑스 아를에서 고흐를 생각하다, 112×145.5cm_오른쪽 페이지 하

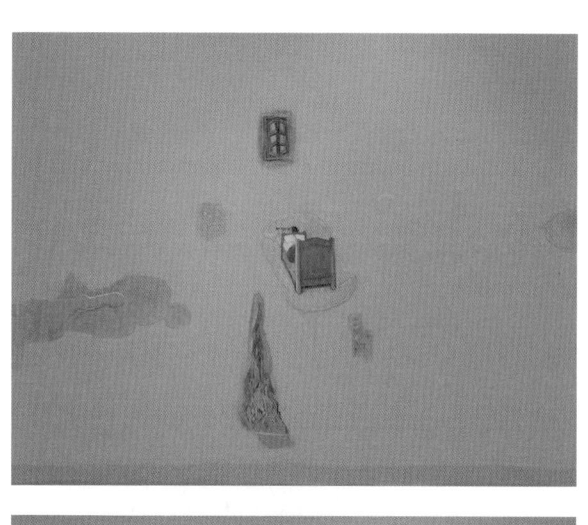

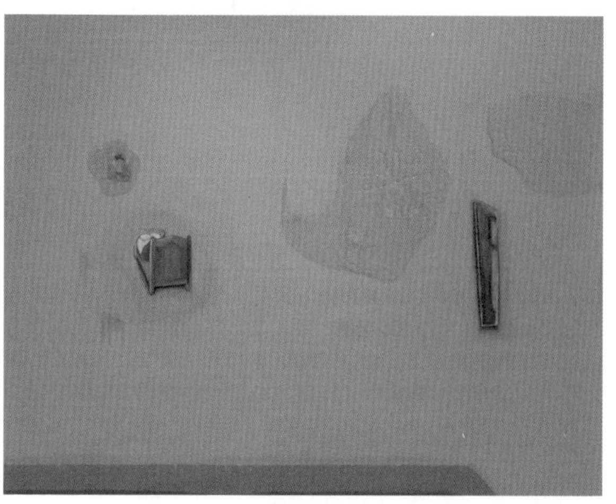

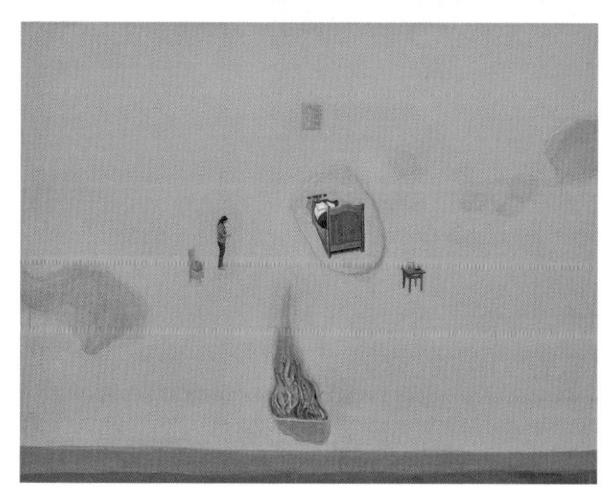

The people live in museum, 미술관에 사람이 산다, 130×162cm Acryic on canvas, 2019_**상**
The people live in museum, 미술관에 사람이 산다, 130.3×97.0cm, Acryic on canvas, 2016_**아래 좌**
The people live in museum, 미술관에 사람이 산다, 72.7×60.6cm, Acryic on canvas, 2019_**아래 중**
The people live in museum, 미술관에 사람이 산다, 130×162cm, Acryic on canvas, 2019_**아래 하**

점멸하는 치료사 _ 화가 설휘 이야기

화가 설휘 이야기

강화도 송해면으로 라이트 테리피를 받으러 갔어요. 중견 화가가 그림의 빛으로 마음을 편하게 해준다고 해서 화가의 페이스북을 둘러보았어요. 라이트 테라피 후기에 달린 많은 '좋아요' 댓글에 넘어갔죠. 라이트 테리피를 신청했는데 아무나 받아주는 것은 아니었어요. 화가가 요구하는 절차에 따라 설문지를 작성하고 내가 라이트 테리피를 받아야 하는 이유를 구구절절 올린 다음에야 치료 대기자가 되었어요. 나는 최근 배신감에 자살까지 생각했던 터라 치료가 절실했어요. 화가를 만나기 전까지만 해도 그림을 팔아먹으려는 술수겠지 했는데 그게 아니었어요.
화가가 사는 마을 입구에 해병초소가 있었고 앳된 해병대원이 지나가는 차량을 일일이 검문했어요. 해병대는 그 화가의 작업실 주변을 지키기 위해 그곳에 주둔하고 있는 것 같았어요. 작업실 앞에는 마을을 수장해서 만든 저수지가

점멸하는치료사

있었어요. 컨테이너를 활용해서 지은 작업실은 나무가 없는 언덕에 홀로 자리 잡고 있었죠. 작업실은 저수지를 굽어보고 있었는데 물안개가 자욱해서 그가 한지에 아크릴 물감으로 그린 섬을 보는 것 같았어요. 화면에 밀도가 높은 우윳빛 안개가 바다처럼 가득 차 섬이 봉우리처럼 드러난 그림을 보고 있으면 긴장됐어요. 순식간에 안개가 걷히고 거대한 산이 우뚝 솟아날 것 같았거든요. 어쩌면 라이트 테리피를 받으러 간 게 그 그림이 좋아 그를 만나러 간 줄도 몰라요. 물에 빠져 허우적거리다가 힘에 부쳐 서서히 가라앉던 나는 기댈 곳이 필요했으니까요.

작업실에 들어서자 화가는 난로에 장작을 피우고 있었어요. 작업실 안을 둘러보는데 어두워서 사물이 잘 분간되지 않았어요. 불빛이 일렁거리기 시작했을 때 눈에 들어 온 것은 인삼주를 담가 먹는 유리병 같은 것에 가득 담긴 하얀 뼈였어요. 자잘한 뼈가 뒤엉켜 있어 형체를 알 수 없었지만 그가 주변의 짐승을 잡아 뼈를 발라 먹는 장면이 상상돼서 소름이 돋았어요. 그가 다가와 인사했어요. 곱슬머리에 말끔한 피부는 실제 나이보다 십 년은 젊어 보였어요. 마주한 그의 인상이 사진에서 본 모습과 달리 의외로 푸근해 보여서 벽에 걸린 격렬한 붓질로 선의 감성을 표현한 작품과는 어울리지 않았어요.

화가는 나를 치료실로 안내했어요. 그 공간은 입구에서 바로 이어지는 전시공간의 일부였어요. 그제야 전체조명을 켜지 않은 이유를 알았죠. 그는 라이트 박스를 그림 액자 안에 넣어 불이 꺼져 있을 때는 그림의 외연이 보이고 불을 켜면 외면은 사리고 내면이 보이는 작품을 보여주면서 치료의 원리를 설명했어요. 치료실의 창으로 들어온 희미한 햇살에 드러난 그림의 화면에는 검푸른 바다에 작은 섬 하나가 외로이 있었죠. 그가 불을 켜자 성난 파도 같은 검붉은 붓질이 섬을 삼켜버렸고 그 파도 사이로 섬의 봉우리를 받히는 거대한 심연의 산맥이 나타났다가 순식간에 사라졌어요. 그는 직접 제작한 빛을 투과하는 천의 앞면에 정적인 섬을 그리고 뒷면에 격렬한 붓질로 파도를 섬의 뿌리를 표현했다고 했어요. 나는 검붉은 붓질을 보자 심장 박동이 빨라지고 가슴 속에서 뜨거운 것이 뿜어져 나오는 것 같았어요.

"작가님, 저 파도가 너무 붉어서 겁나요."

"빛을 방출하는 LED를 이용한 붉은 빛은 눈에 보이지 않는 근적외선이라 할 수 있습니다. 이 빛은 가슴속에 침투하여 마음의 질병을 치료합니다."

"정말요?"

그는 웃으면서 자신을 믿으라고 했어요. 나는 소파에 다리를 쭉 뻗고 앉아 남자에게 배신당한 이야기를 시작했어요.

"아주 바쁜 광고사진 작가였어요. 그의 이미지는 깔끔하고 시원한 파랑이었어요. 가끔 따뜻한 여운을 즐기고 싶을 때도 있었지만, 열병에 걸렸을 때 소독 알코올을 솜에 적셔 몸에 문지르면 열이 날아가듯이 그는 내 열기를 빼앗아가는 존재였어요. 그럴수록 나는 헛헛해져서 그의 주변을 서성거렸어요. 그날 그의 스튜디오에서 맞닥뜨린 장면 때문에 괴로워 죽고 싶어요. 몰래 찾아간 그곳은 자동차 사진을 많이 찍는 스튜디오였고 당시 아무도 없었어요. 천장 조명이 수제 스포츠카 보닛을 쏘자 도장 속에 숨어 있던 펄 알갱이들이 튕겨 나올 듯 반짝였어요. 그는 스튜디오의 문이 열려있는 줄도 모른 채 스포츠카 안에서 어떤 여자를 안고 있었죠. 그의 날름거리던 혀가 여자의 가슴을 핥았어요. 나는 비명을 질렀어요. 그가 허둥대며 옷을 챙겨 입을 때 강렬한 조명을 받은 그의 몸이 붉은빛으로 발광했어요."

"뭐, 심한 충격을 받으면 새하얗게 질리거나 새파랗게 겁을 집어먹는 일도 있으니까 알몸이 붉게 보일 수도 있겠지요."

"그와 있었던 오렌지빛 여자가 머릿속에서 사라지지 않아요. 파랑과 오렌지. 시선을 자극하는 낯선 배색이었지만 무척 잘 어울려 보였죠. 오렌지 빛 여자는 그의 옆에서 어색하지 않고 자유로워 보였어요."

"잠깐, 오렌지빛 여자라고?"

"왜, 첫인상에서 새콤한 비타민C가 연상되는 그런 여자 있잖아요."

내 사연을 다 들은 그는 잠시 고민하더니 나를 가로로 3m가 넘는 그림 앞으로 데려가더니 녹색이 펼쳐질 때 눈을 크게 뜨라고 했어요. 그림은 흰 바탕에 검푸른 빛을 내는 새들이 날아오르는 장면이었어요. 그가 라이트 박스의 스위치를 올렸어요. 그러자 흰 바탕에 녹색 선이 힘차게 뻗어 나가는 장면으로 바뀌었죠. 그는 내가 진이 빠져 쓰러질 때까지 라이트 박스를 껐다 켰어요. 몸이 달아오르더니 활활 타올랐어요.

"외부의 충격을 받아 심리색이 형성되면 보색으로 치료해야 합니다."

화면에서 퍼져 나오는 녹색의 힘찬 붓질이 이뤄낸 선들이 내 안으로 들어와 불을 끄고 나를 편안하게 만들어 주었어요. 라이트 테라피가 끝나고 저런 작품 하나 집에 있으면 날마다 에너지가 완충될 것 같아서 작품 가격을 물어봤어요. 소형자동차 한 대와 맞먹는 가격이었어요. 입이 딱 벌어졌죠. 화가에게 직접사면 조금 할인해줄 줄 알았는데 전시할 때 갤러리에서 내건 가격과 같다고 하더군요. 그가 미술 시장의 상도덕을 지키는 사람이라 그가 시술한 라이트 테라피가 더욱 신뢰가 갔죠. 라이트 박스 시리즈가 아니더라도 그의 작품 하나쯤은 소장하고 싶었어요. 나는 내가 쓸 수 있는 예산을 말했죠. 그는 한쪽 구석에 걸린 그림을 가리켰어요. 망망대해에 검은 섬이 홀로 떠 있는 그림 앞으로 다가가 섬을 들여다봤어요. 세필로 하나하나 찍듯이 그린 검은 섬은 마치 바위에 수억 마리의 개미가 서로 엉켜 바글거리는 형상이었어요.

"작가님, 섬에서 자라는 나무를 묘사한 부분이 땅에 떨어진 먹이에 달라붙은 수억 마리의 개미로 보여요."

대답이 없어서 뒤를 돌아보자 그는 검붉은 빛을 내는 그림 앞에 서서 눈을 감고 손을 쭉 뻗고 있었어요. 붉은빛이 몸을 통과한 것처럼 그의 손톱 끝에서도 붉은 빛이 났어요.

"뭐 하세요?"
"에너지를 충전하고 있습니다."
역시 라이트 박스가 들어간 작품은 비쌀 수밖에 없겠다고 하는 생각이 들었어요.
집으로 돌아오는 길, 강화대교를 건너면서 그가 사는 곳이 섬이었구나! 새삼 깨달았어요, 면적이 커서 섬으로 인식하지 못했던 거죠. 빨리 돈을 모아 라이트 박스가 들어간 섬 그림을 사야겠어요. 그가 그리는 섬은 희망의 봉우리이니까요. 내 희망이 뭐냐고요? 나만 바라보는 남자를 만나는 거죠. 그나저나 작가님은 행복하겠어요. 자신의 창작물이 사람들에게는 카타르시스를 넘어 마음의 상처를 치유하는 도구로 존재하잖아요.

  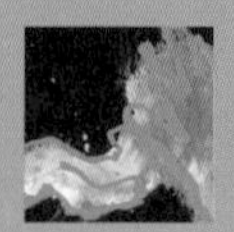 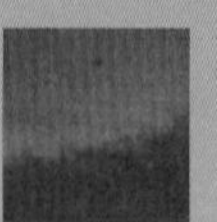

설휘

화 가 를 만 나 소 설 을 그 리 다

추계예술대학교와 홍익대학교 대학원을 졸업하였다. 19번의 초대기획개인전을 하였으며 2인전을 두 번 그리고 부스개인전을 5번 하였다, 기획 및 단체전은 250여회 하였고 국내외 아트페어에 다수참가 했다. 또한, 공간문화대상과 대한민국미술대전 등의 심사위원을 지냈으며 서울시 등의 미술작품심의와 자문을 하였다. 주요작품 소장처로는 부산수산청, 한국전력공사, 안산문화예술의 전당, 마포구청, 추계예술대학교, 로얄스퀘어호텔 등 다수가 있다. 요즈음은 또 다른 선(Another line)이라는 주제를 가지고 본질과 또 다름에 대하여 탐구하고 화면에 어떻게 옮길 것인가에 대한 고민을 하고 있다. 본질과 또 다름이란? 인식과 사고의 다름으로 객관적이지 않고 피상적인 다수의 의견이며 보편적일 수 있는 여러 가지이다.

  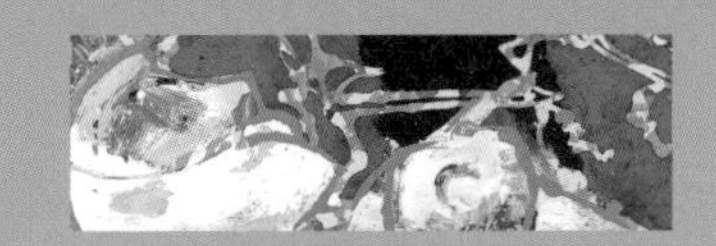

"창작 강의를 하며 느낀 것이 많다. 잘못된 교육으로 사람들이 시스템에 매몰되는 것 같다. 진짜 돌을 캔버스에 붙이고 옆에 돌을 그려 넣은 적이 있다. 사람들은 대부분 그린 돌이 진짜 같다고 한다. 교육의 폐해는 진짜와 가짜를 구별 못 하는 인식과 사고의 한계이다. 잘못된 교육을 바로잡기엔 세상은 너무나 부조리하다. 시스템은 부조리함을 감추기 위해 사람들을 교육하고 사회화한다. 부조리함을 상징으로 보여준 것이 '섬' 시리즈다. 사람들은 섬이 산맥이라는 것을 간과하고 봉우리로만 인식한다. 섬을 봉우리로 보는 것만 해도 다행이다. 바다라는 페르소나에 가려 섬은 바다에 고립되어 둥둥 떠 있다고 생각하지만 그렇지 않다. 섬은 육지와 연결되어 있는데 멀리 떨어진 다른 세계로 인식한다. 최근 '또 다른 선' 시리즈에는 조화 꽃이 등장한다. 조화를 선으로 진짜 꽃처럼 그리며 사람들에게 뿌리가 있고 줄기가 있어야 꽃이 필 수 있다는 메시지를 전달하고 있다."

"끊임없는 고민과 사고를 통해 항상 새로움을 추구하려고 노력하고 있다. 다음 작품의 구상을 2년여 정도 하고 평균 5년을 주기로 작품의 성향을 바꾸어 작업하고 있는 이유이다. 정체성을 이유로 또는 다른 이유로 평생을 한 가지 작업을 통하여 꾸준히 보여주는 장인이기보다는 새로움을 추구하는 작가이고 싶다. 또한 감성과 인간의 내. 외면 그리고 또 다름의 감성, 상대적 부조리의 해석 등의 주제를 통하여 앞으로 계속 연구하여 표현하는 작가이고 싶다. 이러한 주제를 표현하는데 있어서 재료나 표현방법은 문제가 되지 않는다고 생각한다. 현대는 다양한 재료와 매체, 방식 등이 존재하니까."

인터뷰

 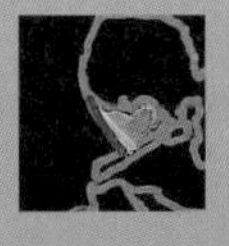  

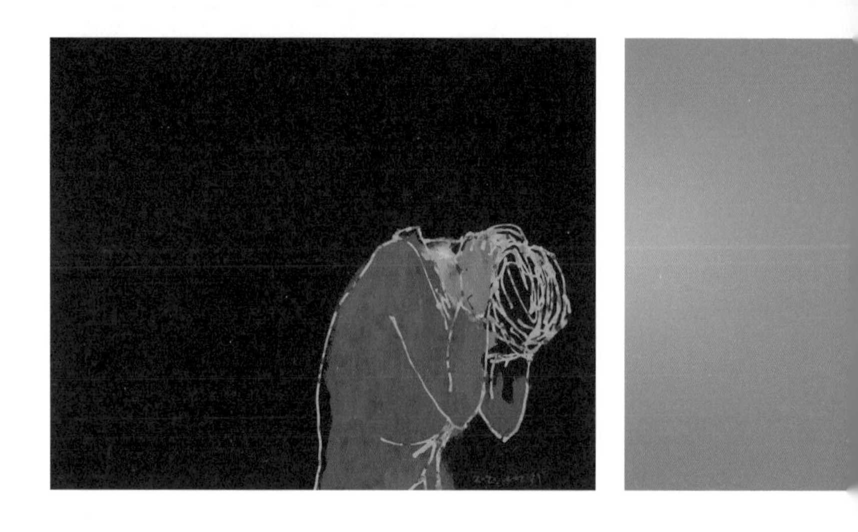

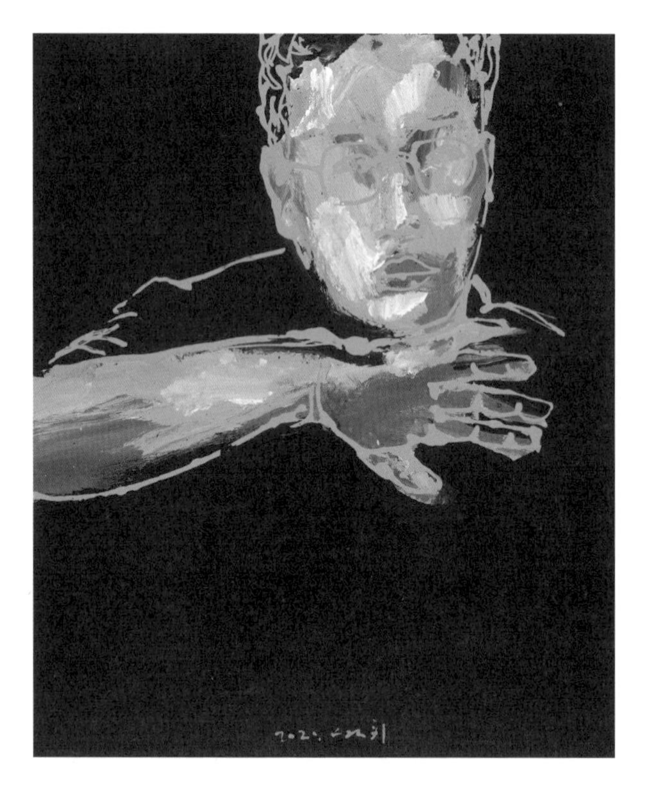

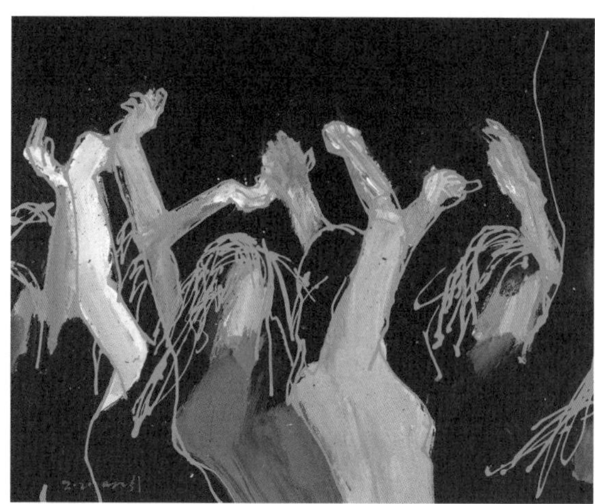

Another line, 91×72.7cm, Acrylic on canvas, 2020 700
Another line, 162.2×130.3cm, Acrylic on canvas, 2020 2200
Another line, 91×72.7cm, Acrylic on canvas, 2020 700
Another line, 72.7×60.6cm, Acrylic on canvas, 2020 400
bothside of susceptibility- Island, 200×100×5cm, Acrylic on LED light box, 2010

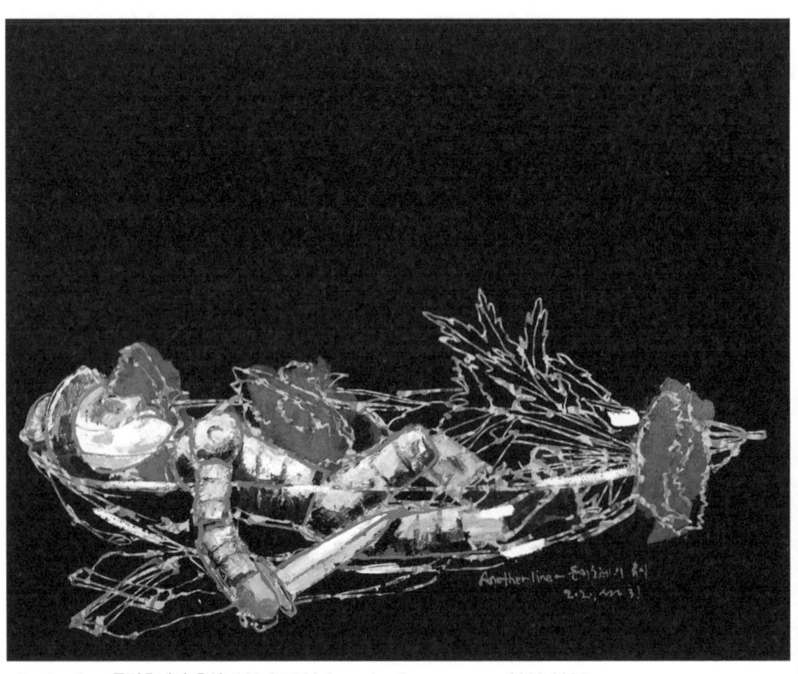

Another line, 돈키호테의 휴식, 162.2×130.3cm, Acrylic on canvas, 2020 2000
Another line, 162.2×130.3cm, Acrylic on canvas, 2020 2200 _ **우측 페이지 상**
Another line, 162.2×130.3cm, Acrylic on canvas, 2019 _ **우측 페이지 중**
Another line, 72.7×60.6cm, Acrylic on canvas, 2019 _ **우측 페이지 하**

선의 감성, Sensibility of line(off), 98.6×57.6cm, Acrylic on led light box, 2018
선의 감성, Sensibility of line(on), 98.6×57.6cm, Acrylic on led light box, 2018

선의 감성, Sensibility of line(off), 98.6×57.6cm, Acrylic on led light box, 2018
선의 감성, Sensibility of line(on), 98.6×57.6cm, Acrylic on led light box, 2018

Another line, 53×45.5cm, Acrylic on canvas, 2020 250
미지(unknown), 91×73cm, Acrylic on canvas, 2018_좌

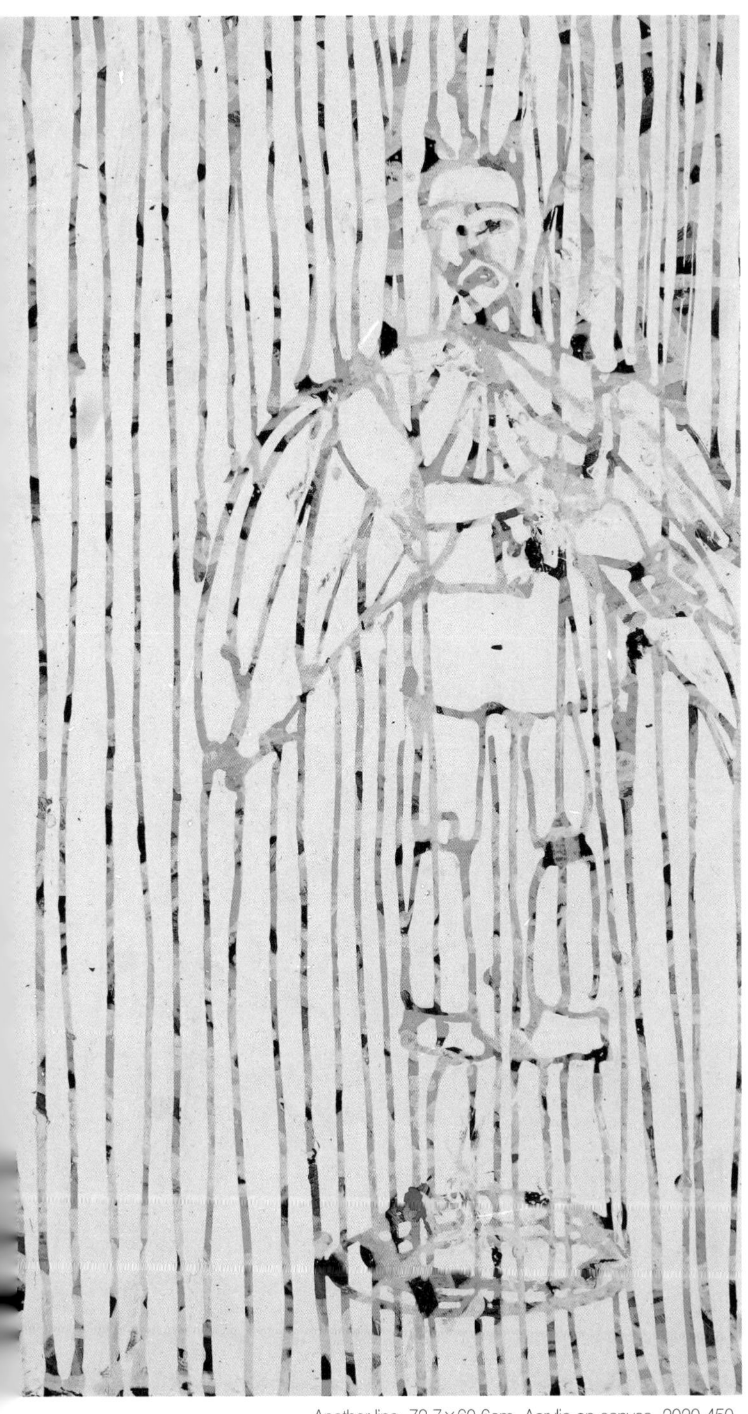

Another line, 72.7×60.6cm, Acrylic on canvas, 2020 450

drawing by kimjoowook

정체성을 고민하는 조각가의 마지막 생애

안락의자

김주욱 단편소설

안락의자

갤러리 로비에서 문자메시지로 딸애에게 마지막 인사를 전했다. 휴대전화 전원을 끄고 둘러보니 로비에 있던 관람객들이 레드 카펫을 밟으며 조각전시실로 들어가는 중이었다. K가 의자를 주제로 1년간의 준비 끝에 연출한 기획전이었다. 전시실로 들어가는 통로 바닥에 설치한 라인조명이 입구까지 이어졌다. 조명은 빨간 카펫 한 올마다 스며드는 것 같았다. 카펫이 탄력 있게 곧추서면서 빨간색이 더 고급스러워 보였다. 조각전시실은 원통형 유리지붕에서 내려오는 자연광과 인공조명이 조화롭게 어우러진 웅장한 전시실이었다.

퍼포먼스를 시작하기 전에 화장실에 가서 푸른색 수의로 갈아입고 프로포폴 우유주사를 꺼냈다. 대학병원에 근무하는 간호사 친구에겐 영감이 떠오르지 않아서 우유주사로 무의식의 상태를 연출해 보고 싶다고 했다. 그동안 여러 번의 실험을 거쳐 고통 없이 죽을 수 있는 우유주사의 용량을 파악했다. 팔뚝을 걷어 고무줄을 묶어 혈관을 드러냈다. 하얀 우유 주사액 3㎖를 증류수로 희석해서 주사기로 혈관에 밀어 넣었다. 옆 칸에서 변기 물 내리는 소리가 경쾌하게 들렸다. 온몸이 나른해지면서 어떤 소용돌이 속으로 빠져들어 가는 기분이었다. 주사기를 휴지통에 버리고 화장실을 나서자 몽롱한 게 꿈을 꾸는 것 같았다. 그동안 한 조각의 꿈을 잡아보려 무던히도 애썼지만, 그 꿈은 좀처럼 붙잡히지 않았다. 벽을 짚으며 전시장으로 간신히 들어서서 안락의자를 바라봤다. 안락의자에 앉아 편안하게 쉴 생각에 나도 모르게 눈물이 나왔다.

전시회에 출품한 안락의자의 뼈대는 영화관의 의자였다. 영화관 의자를 작품의 재료로 사용하기로 한 것은 아내 때문이었다. 그날은 결혼기념일이었다. 아내와 저녁을 먹으면서 소주를 마셨다. 아내가 말릴 때 반 병만 마셨어야 했다. 아까워서 한 병을 다 마셨다. 기분 좋게 취해서 영화를 보러 갔다. 화장실에 가는 바람에 영화가 시작된 지 5분쯤 지나 상영관으로 들어갔다. 상영관의 어두운 통로를 올라갈 때 사람들의 시선이 느껴졌다. 뚱뚱한 사내와 날씬한 여자가 어둠 속을 뒤뚱거리며 자리를 찾아가는 것을 보는 시선이었다. 맨 뒷자리 구석에 앉으니 음침해서 좋았다. 연애 시절로 되돌아간 기분이었다. 나는 재미없는 영화를 보면서 영화가 끝날 때까지 코를 골며 잔적이 많았다. 코 고는 소리가 크면 아내가 내 옆구리를 쿡 질러 깨웠는데 영화관 의자에 푹 빠져 희붐한 어둠 속에서 발광하는 스크린을 바라보면 마약에 취한 느낌이었다. 그날 영화관에서 한참을 달게 자다가 쿵 하는 소리와 진동에 깜짝 놀랐다. 아내를 잡은 손에 힘이 들어갔다. 갑자기 비상벨이 울렸다. 출입구 쪽에서 열기가 조금씩 객석으로 들어왔다. 스크린의 영화는 유대인 피아니스트 이야기였고 2차 세계대전이 배경이었다. 폭격을 맞는 장면이 얼마나 실감이 나는지 뿌연 연기가 상영관 안을 뒤덮은 듯했다. 미세한 소리까지 놓치지 않는 4-way 시스템의 스피커에서 나오는 폭발음에 관객들은 손으로 귀를 막았다. 폭발음과 비상벨 소리가 점점 커졌다. 폭발 후의 멍한 정적, 초조함에 전신이 마비되는 몽롱한 상황이었다. 스크린에서도 독일군의 포화는 끊이지 않았다. 영화 속 독일군의 포탄이 극장에 명중한 듯했다. 극장에 불길이 번지면서 유독가스가 퍼졌다. 몇몇 사람들이 입을 틀어막고 앞쪽 출입구로 달려가자 그제야 모두 비명을 지르며 한쪽 출입구로만 내달렸다. 사람들은 넘어진 사람들을 밟고 가려다가 또 넘어졌다. 나는 술에 취해 꿈을 꾸는 것인가 했다. 스크린 속의 포화가 계속 객석으로 떨어지는 듯했다. 객석이 점점 더 뜨거워지면서 시커먼 연기에 휩싸였다. 나는 그 아비규환 속에서 헤어나지 못했다. 그냥 영화 속의 주인공인 양 불이 번져 오는 광경을 지켜봤다. 아내가 넘어지면서 내 손을 놓치고 통로에서 비명을 지르며 벌벌 기어갈 때 영화의 배경은 폐허가 된 건물로 바뀌었다. 유대인 피아니스트는 독일 장교 한 명을 위해 피아노를 연주했다. 잔잔한 음악이 바람으로 변해 허연 재를 날려보냈다. 마을은 온통 타다 남은 나무기둥과 콘크리트 더미들뿐이었다. 잔잔한 피아노 연주 소리가 점점 작아졌다. 빨간 카펫에서 나오는 유독가스가 산소를 앗아가고 일산화탄소를 뿜어냈다. 스크린이 검게 변하면서 모든 것이 희미해져 갔다. 불길이 바로 뒷자리까지 번져왔다. 정신을 차리고 지옥 같은 상황에서 빠져나가려고 일어났을 때 또다시 쿵 하는 포화소리와 함께 앞서가던 아내 머리 위로 불덩이가 떨어졌다. 나는 아내에게 달려가지 못했다. 달려가야 한다는 생각뿐 내 몸은 나도 모르게 출구를 향했다. 나 혼자 살자고 쓰러진 사람들을 넘다가 미끄러졌을 때 의자의 빨간 원단 사이로 허연 연기가 새어 나왔다. 나는 천장의 스프링클러에서 물이 쏟아지는 것을 보며 정신을 잃었다.

전시장 중앙으로 관객들이 몰려들었다. 안락의자와 나란히 놓인 사형진기의자 모조품 사이로 물통에 가득 꽂힌 흰 국화가 울타리처럼 둘러쳐졌다. 국화 향기가 전시장에 가득 퍼졌을 때 피에로처럼 분장한 신인 여배우 S가 조명을 받으며 나타났다

아트컬렉터들에게 주목받기 시작한 작년 여름, 아트딜러 K는

나에게 S를 소개했다. 얼마 지나지 않아 S는 나를 통해 자신의 가치를 높이고 화제를 불러일으켜 보겠다는 속셈을 드러냈다. 몇 해 전 S는 한국동물보호연합 회원들과 함께 명동예술극장 앞에서 모피 반대 퍼포먼스를 한 적이 있었다. 자신의 알몸에 보디페인팅을 하고 철창에 갇혀 있었다. 그날부터 3일간 S는 인터넷 검색순위 1위였다. 알몸을 하얗게 분칠하고 달마시안처럼 점박이 무늬를 그려넣은 S의 사진은 순식간에 퍼져 나갔지만, S가 출연한 모피반대 퍼포먼스는 실패였다. 대중은 동물 학대에는 관심이 없었고 신인 여배우의 섹시한 몸매에만 관심이 있었다.
전시실에 나타난 S가 두 명이었다가 다시 한 명으로 합쳐지고 또다시 두 명으로 보였다. S는 맨발에 상의와 하의가 한 세트인 파자마를 입어서 그런지 나이보다 앳돼 보였다. 파자마의 꽃무늬는 넝쿨식물과 섬세한 꽃무늬를 패턴화한 아르누보 스타일이었다. 갑자기 그 넝쿨이 뻗어나와 내 목을 감는 것 같았다. 얼마 전 딸애가 S와 동대문에서 원단을 끊어와 재봉틀로 옷을 만들던 모습이 떠올랐다. 딸애는 나 하고는 말을 잘 안 하지만 S하고는 친구처럼 지냈다. 가끔 쇼핑도 같이 하는 것 같았다. 딸애는 아내가 죽은 뒤로 말문을 닫았고 나는 딸애와 눈을 맞출 수 없었다. 딸애의 눈을 보면 불이 난 영화관에 쓰러진 아내의 모습이 떠올랐다. 딸애가 S와 만든 옷은 오늘 퍼포먼스의 무대의상이 되었다. S의 머리카락은 용수철처럼 파마하여 철 수세미 같은 형상이었다. 어둡게 연출했던 조명이 안락의자를 중심으로 점점 밝아졌다. 안락의자를 비추는 스폿조명이 점점 강해졌지만, 사람들의 시선은 오직 S에게만 집중됐다. 사람들은 여태 몰랐던 S의 매력을 발견하기라도 한 듯 수군거리기 시작했다. 다가올 가을 시즌에는 파자마 패션이 한 차례 패션가를 휩쓸고 지나갈 것 같은 예감이었다. S가 입고 나온 파자마는 잠옷이 아니라 이 시대의 마지막 드레스이고 여성스러움과 부유함의 상징이라는 생각이 들었다. 아마 S는 잠옷을 입고 안락의자에서 편하게 잠드는 연기를 구상한 것인지도 몰랐다. 내가 직접 안락의자에 앉아 퍼포먼스를 하며 관객과 소통하겠다고 아트딜러 K에게 분명히 말했지만, 그가 S의 유혹에 넘어가 계획이 변경했을까 봐 불안했다. 빨간 꽃무늬가 촘촘하게 프린트된 파자마를 입은 S가 흰 국화꽃 울타리를 천천히 도는 동안 프로젝터가 켜지고 흐릿한 흑백의 영상이 전시장의 벽면을 통해 상영됐다.
흑백 영상의 아랫부분은 일부러 연출한 것처럼 하얀 국화 위에 걸쳐 있었다. 국화꽃이 바람에 흔들리는 것 같았고 내 몸도 중심을 잃고 흔들리기 시작했다. 내가 퍼포먼스를 위해 준비한 영상은 다큐멘터리 영화였다. 영화 속 주인공은 자신이 개발한 직류전기시스템을 표준으로 삼고자 교류전기시스템을 개발한 경쟁자와 치열한 싸움을 벌였다. 그는 직류전기를 주장하면서 일상생활에서의 전기는 자가발전이나 축전으로 충분하며 위험하게 높은 전압의 교류전기를 사용할 필요가 없다고 주장했다. 그는 사형 집행에 경쟁자의 교류전기기술을 사용하여 그 전기기술의 위험성을 알리고자 했다. 당시에는 사형 집행방법에 많은 문제가 있었다. 교수형 올가미가 너무 느슨해서 고통스럽게 질식하는 사형수가 있는가 하면 올가미가 너무 꽉 조여 참수형을 당한 사형수도 있었다. 사법당국은 전통적인 사형 집행 방법인 교수형의 대안을 찾기 시작했다. 그는 교수형의 대체 방안으로 전기의자를 제안하고 로비를 벌였다. 그는 자신의 직류전류방식 대신에 경쟁자의 교류전류방식으로 전기의자를 개발했다. 교류전류방식을 사람을 죽이는 잔혹한 전류로 인식시키기 위해서였다. 그는 실험실에서 경쟁자의 교류전기기술로 사형 집행 전기의자를 개발하려고 아이들에게 돈을 주고 애완동물을 사들였다. 애완동물의 시체가 그의 실험실 뒷마당 구덩이에 가득 찼을 때에야 개발은 비로소 성공했다.

전기사형의자를 모티브로 안락의자를 구상하고 있을 때 K의 전화를 받았다. 경기도 광주에 있는 고물상에서 영화관 의자를 발견했다는 소식이었다. K는 자신이 아는 설치미술가에게 부탁하여 전국의 고물상을 수소문한 모양이었다. 바로 그 고물상으로 달려갔다. 산비탈에 있는 가구공장을 끼고 돌아 밭을 지나 계속 달리자 철판 펜스가 길게 쳐 있는 고물상이 나타났다. 고물상 안으로 들어서자 누렇고, 시커먼 잡종 개 두

마리가 달려오면서 짖었다. 펜스 울타리 안은 포화가 지나간 전쟁터 같았다. 독수리 발톱같이 생긴 굴착기가 먹이를 콕콕 쪼듯이 움직이며 파편을 분리해서 쌓아올리고 있었다. 폐기계, 드럼통, 컴퓨터 메인보드 판이 산처럼 쌓여 있었다. 온통 잿빛 속에 생명의 기운이라고는 찾아볼 수가 없었다. 고물상 사장이 창고에서 꺼내준 영화관 의자 중 몇 개는 시커먼 플라스틱 찌꺼기가 눌어붙어 있었다. 고물상 사장은 화재가 났던 영화관의 의자라고 말했다. 멀쩡한 영화관 의자도 있었지만 나는 불에 시커멓게 그을린 영화관 의자가 마음에 들었다. 그 영화관 의자를 보는 순간 아내의 영혼이 나에게 말을 거는 것 같았다. 나는 그놈을 깔고 앉아 반쯤 타버린 빨간 원단을 계속 쓸어내리면서 허리를 젖혀보려고 애썼다. 그놈의 몸통을 분리해서 트렁크와 뒷좌석에 싣고 작업실로 와서 바로 손질에 들어갔다. 불에 녹아 시커멓게 눌어붙은 스펀지, 빨간 가죽 찌꺼기를 말끔하게 벗겨 내자 날이 저물었다. 목이 말라 맥주를 마시면서 담배를 피웠다. 어린 시절 자주 갔던 동시상영관의 의자도 빨간 의자였다. 딱딱한 비닐 의자였지만 불편하지 않았다. 극장은 항상 담배 연기로 가득 차 있었다. 파랗다가 뿌옇게 암흑으로 퍼지는 담배 연기는 신비로움 그 자체였다. 그러나 나는 영화관에서 담배를 피워보지 못하고 어른이 되었다. 담배 연기를 내뿜으면서 꽁초를 맥주병에 넣었다. 맥주병이 담배 연기에 뿌옇게 변했다가 맑아졌다. 작업실 너며 보이는 아파트 단지를 바라봤다. 도시의 야경은 빨간 숯 더미 주위로 허연 재가 날리는 것 같았다.

작업실 책상에는 의자 사진이 어지럽게 쌓여 있었다. 책상 정리를 하고 본격적인 작업에 들어갔다. 벽에 붙어 있던 안락의자를 위한 스케치와 자료사진을 정리해서 벽면에 잔뜩 붙였다. 벽에 둥글게 붙은 사진은 마치 파리의 눈을 확대해 놓은 것 같았다. 파리의 겹눈, 수백 개의 홑눈 속에 내가 각기 다른 자세로 서 있었다. 그 사진들은 내가 K를 찾아가기 전의 것이었다. 그때는 어떠한 대상을 유머러스하게 해석하려고 과장시키고 확대해서 표현하던 시기였다. 이를테면 사람의 똥을 사람만 하게 만들어서 의미를 부여한다거나 책을 벽돌 삼아 집을 짓는다거나 하는, 다소 엉뚱한 작업이었다. 그때의 유일한 후원자는 아내였다.

아내를 잃고 이 년간 작업실에서 나오지 않았다. 작업실에 묻혀 나를 알아주지 않는 세상을 저주하던 어느 날 나는 K를 찾아갔다. 그는 젊은 조각가 그룹전 '빈자리'에 출품했던 내 작품을 기억하고 있었다. 그때 나는 폐기된 의자를 변형시켜 의미를 부여한 작품을 발표했었다. 지배계층의 권위를 위한 의자와 하층민의 노동을 위한 의자를 대비해서 표현했던 설치미술이었다. 우린 첫 만남부터 이야기가 잘 통했다. 내가 현대미술에서는 작가의 창조성과 예술성보다는 아트딜러의 기획력과 마케팅의 위력이 강하다고 털어놓자 그는 아트 딜러가 선호하지 않는 작가의 엉뚱한 상상력은 태어나기도 전에 낙태되는 게 현실이라고 말했다. 나는 그날 K와 술을 마시면서 내 사정을 솔직하게 털어놓았다. 아내가 가족에게 남긴 보상금을 친구 사업에 잘못 투자하여 날려 먹은 것과 이제는 생활비와 고등학교에 들어간 딸애의 대학 등록금을 미리 모아두어야 한다고, 더 중요한 것은 이제 한가롭게 작업실에서 고철을 두드릴 수 있는 여유가 없어졌다고 말했다. 내 말을 듣고 있던 그는 선뜻 나를 세상에 알리겠다고 하면서 나에게 월급처럼 창작비용을 지급하겠다고 했다. 그는 정기적으로 내 작품을 사서 자신의 창고에 보관하기도 했고 어떤 작품을 만들어 달라고 주문하기도 하면서 나를 조금씩 디자인해 나갔다. 지금도 작업실 출입구 쪽에 움직이는 구조물이 있는데 그것은 K가 나에게 처음 주문했던 발상이 재미있는 작품이다. 자동차 부품을 사용한 구조물은 언뜻 보면 외계인처럼 보인다. 그 구조물은 커다란 모형 바위를 역도를 하듯이 들었다 놓았다 하는 조각작품인데 공산품처럼 계산된 작품이었다. 요즘은 기계나 전문인력의 손을 거치지 않고 예술품을 창조하기가 어렵다. 그는 작품을 의뢰하면서 제작공정별 인건비와 기능별 외주작업비 그리고 비평가의 원고료까지 철저하게 계산한 기획서를 건넸다. 나는 그 기획서에 첨부된 설계도를 보면서 작품의 겉모양을 그럴 듯하게 포장하고 나서 현대미술의 윤리적 태도에 대해 고민했다.

그놈을 분해했다. 가죽을 벗기고 내장을 들어내고 철제 구조물은 산소용접기로 절단하면서 불에 타죽은 아내를 생각했다. 아내와 다정했던 추억이 떠오르면 그놈을 가학적으로 다뤘다. 거친 질감을 내려고 시멘트를 바르고 철을 휘는 나는 흡사 차력사 같았다. 그놈의 뼈대를 휘고, 잘라내고, 서로 잇대어서 새로운 의자의 형태로 만들었다. 다시 그놈을 일으켜 세우고 이질적인 재료를 연결하다 말고 그놈의 무릎에 비스듬히 누워 작업실 한쪽에 놓인 의자를 스케치하기도 했다. 그 의자는 K가 나에게 제작 의뢰한 것이었는데, 1880년대에 사용되었던 전기의자를 똑같이 재현한 모조품이었다. 어느 날 K는 전기의자의 사진을 들고와서 나에게 똑같이 만들라고 요구했다. 그것은 트렌드와 화제성을 미술품 마케팅에 적극활용하는 K 다운 발상이었다.

K가 의자 기획전을 기획할 당시 연쇄살인사건이 연이어 발생하면서 사형제도에 대한 찬반논쟁이 극에 달했다. 미국의 인권을 위한 살인피해자 가족 모임 회원들이 국제앰네스티 한국지부와 한국 천주교 주교회의 사형제도 폐지 소위원회 초청으로 한국을 방문했다. 그들은 인터뷰에서 사형을 지지했던 범죄 피해자의 가족들이 사형 집행 후 시간이 흐를수록 사형제를 지지하지 않게 되었다고 말했다. 유가족들은 사형을 통해 안식을 받기를 원했지만, 그런 안식은 오지 않았다. 유가족들은 시간이 한참 흐른 후에야 범죄자를 위해서가 아니

라 자기 자신을 위해 용서해야 하며 가해자를 용서할 때만이 진정으로 자신이 해방될 수 있다는 사실을 깨달았다고 말했다.

전기의자를 바탕으로 안락의자의 스케치를 끝낸 나는 그놈의 뼈대를 발로 차고 망치로 두드렸다. 튼튼하게 결합한 뼈대는 꿈쩍도 하지 않았지만, 조심스럽게 분해해서 안락의자의 뼈대로 변신시켰다. 안락의자에서 가장 심혈을 기울인 부분은 등판의 곡면이었다. 요추를 받치는 등판의 각도가 자동으로 조절되도록 해 앉은 사람이 편안하게 잠들 수 있게 하였다.

일 년 전 K는 청나라 건륭황제가 사용한 의자 사진을 건네면서 말했다. 사형전기의자를 모티브로 현대인을 위한 안락의자를 창조하는 건 어떨까. 붉은색이 감도는 단단한 자단목으로 만든 의자에는 꿈틀거리는 다섯 마리의 용이 새겨져 있었다. 나는 사진 속 의자의 의미를 제대로 파악할 수 없었다. K가 머리 뒤로 두 손을 깍지끼고 가죽회전의자를 뒤로 젖히면서 말했다. 그 의자가 소더비 홍콩 경매에서 약 129억에 낙찰됐어. 나는 K가 가고 나서 가죽회전의자에 앉아 담배 한 대를 뽑아 입에 물었다. 안락의자에 대해 곰곰이 생각하다가 담배에 불을 붙였다. 폐부를 타고 나온 담배 연기를 창밖으로 내뿜었다. 담배 연기가 바람에 실려 작업실 안으로 퍼졌다. 해가 산꼭대기에 걸려 있었다. 순간 정신이 몽롱해지면서 날이 밝아오는 것인지 아니면 저무는 것인지 분간이 되지 않았다.

안락의자의 뼈대를 완성한 다음 기계부품을 결합하고 회전축에 고무 벨트를 걸고 톱니바퀴에 모터를 연결해서 유압기술과 센서로 작동하는 전신안마기를 부착했다. 삐걱거리는 부위를 찾아 기름을 치는 순간 스파크가 일어나면서 연기와 함께 모터가 멈췄다. 떨리는 손으로 그놈의 내장을 들어내고 전기배선을 점검했다. 모터의 안정기가 시커멓게 타서 눌어붙어 있었다. 나는 전기장치를 다루는 데는 젬병이었다. 어렸을 때 누전으로 불이 난 적이 있어서 전기가 무서웠다. 설치미술하는 친구에게 도움을 청해서 용량이 큰 안정기로 교체하고 안락의자에 전압과 시간을 어떻게 설정해야 사람이 빨리 감전사할 수 있는지 자문했다. 친구는 죽이고 싶은 사람이 있느냐고 심각하게 물었다. 나는 퍼포먼스를 하면서 안락의자에 앉아 나를 사형시킬 거라고 진지하게 말했다. 친구는 내 말을 농담으로 받아들였다. 안락의자에 앉아 사형을 당한다면 죽음 그 자체만 이슈가 될 뿐 무슨 의미가 있겠느냐고 그는 웃었다. 나는 친구에게 죽음 그 자체를 예술행위로 승화시키겠다고 말했다. 그러자 친구는 네가 드디어 미쳤구나 하면서 더 크게 웃었다.

전기장치를 조립한 다음 다시 작동시켜보았다. 그놈은 용량이 큰 안정기에 적응하려는 듯 삐걱거리는 소리를 냈지만, 차츰 움직임이 부드러워지면서 삐걱거리는 소리가 사라졌다. 한동안 모터를 계속 작동시켜보았다. 몇 시간이 지나도 별 이상이 없었고 그놈은 점점 가속도가 붙은 엔진처럼 힘차게 돌았다. 그놈이 기특하여 뼈대를 쓰다듬을 때 순간 내 뼈가 휘어버릴 정도의 강한 전류가 흘렀다. 그놈은 살아있는 야수로 변신한 것 같았다.
마지막으로 그놈의 심장과도 같은 모터에 유압기술과 센서로 작동하는 전신안마기를 부착했다. 조립을 끝내고 멀찍이 떨어져서 그놈을 감상했다. 그놈에게서 사람을 묶어두는 힘이 느껴졌다. 그것은 그놈을 벗어나지 못하게 만드는 마력 같은 것이었다. 생긴 게 좀 밋밋한 것 같아서 그라인더로 일부러 노출한 뼈를 전체적으로 갈아냈다. 뼈가 갈리면서 불꽃이 사방으로 튀었다. 그놈의 뼈대에 반짝이는 물결 무늬가 새겨졌다. 물결 무늬 때문에 그놈의 움직임은 더 역동적으로 변했다.
나를 사형시킬 안락의자를 완성한 날, 나는 아내에게 죄를 고백하고 용서를 구하는 마음으로 유서를 작성했다. 내가 죽으면 나를 위한 특별 전시회가 기획될 것이다. 내 유작을 통한 수익금으로 딸애가 돈 걱정 없이 의상학과를 졸업하고 뉴욕에 있는 패션스쿨에 유학갈 수 있게 해달라고 하늘에 있는 아내에게 빌었다.

나는 비틀거리며 전시장 중앙에 놓인 안락의자를 향해 천천히 걸어갔다. 전시장 한쪽 벽면을 차지한 프로젝터 화면이 밝아지면서 천장의 환풍기가 돌아갔다. 먼지들이 조명 불빛으로 모여들어 춤을 췄다. 화면이 선명해지면서 복역 중인 사형수가 등장했다. 전기의자에 의해 처형 당할 사형수는 작은 키에 120kg이 넘는 흑인 뚱보였다. 사형 집행이 확정된 날 아침 교도관은 사형수에게 무엇이 먹고 싶으냐고 물었다. 사형수는 온몸에 힘이 빠지는 듯 손으로 벽을 짚으며 글썽였다. 사형수가 주문한 마지막 만찬은 바싹 튀긴 치킨과 레드와인이었다. 사형 집행 당일 아침 사형수는 치킨의 살점을 꼼꼼하게 발라먹고 뼈를 냅킨 위에 가지런히 정렬했다. 카메라가 냅킨 위에 가지런히 정렬된 닭뼈를 클로즈업했는데 고대 왕릉 발굴 현장이 연상되었다. 식사를 끝낸 사형수는 기름이 잔뜩 묻은 잔에 와인을 따르고 천천히 음미했다.
작업실에서 안락의자가 거의 완성될 즈음이었다. K는 의자전시회의 전략을 짜자고 하면서 나를 R 호텔 크리스탈볼룸으로 불렀다. 서울 옥션이 주최하는 한국 현대미술 경매장에 들어서는 순간 영화제 시상식에 참석한 배우가 된 기분이었다. 주차장부터 현관까지 깔린 레드카펫을 밟으며 호텔에 들어서자 주최 측이 초청한 딜러, 언론인, 평론가들과 수백 명의 응찰자가 가득했다. 사람들 틈을 비집고 안으로 들어갔다. 그곳에서 2층을 올려다봤다. VIP들을 위한 발코니석에 K가 앉아 있었다. 유명인이 자리를 빛내주면 작품의 값도 올라가고 경매 현장도 돋보인다. 그의 왼쪽에 앉은 사람은 경매회사의 작품 담당 스페셜리스트였고 오른쪽에 S가 빨간 드레스를 입고 앉아 있었다.

S는 빨간색을 즐겨 입었다. 빨강의 이미지는 에너지의 근원인 동시에 불처럼 위험하다. 태양이나 불의 색인 동시에 피를 상징하는 죽음의 색이다. S를 보면 빨간색이 강렬한 그림이 떠오른다. 빨간 립스틱, 빨간 매니큐어, 빨간 머리를 한 젊은 여자가 눈물을 글썽이며 웃는 로이 리히텐슈타인Roy Lichtenstein의 '행복한 눈물'. 한 때 H그룹의 법무팀장이었던 어느 변호사가 S그룹의 비자금으로 '행복한 눈물'을 뉴욕 크리스티 경매에서 약 86억에 낙찰 받았다고 해서 화제가 되었다. 로이 리히텐슈타인은 미국의 전형적인 팝아트 작가다. 주로 만화나 잡지사진의 망점을 확대하는 기법을 사용했다. 현대의 화려한 이미지는 망점에 의한 눈속임이라는 그의 풍자적 메시지는 미술사적으로 인정을 받았다.

S는 멀리서도 눈에 띌 정도로 매력적인 몸매의 소유자였다. 특히 여름에는 몸매가 훤히 드러나는 소재의 원피스나 빨간색 미니스커트를 즐겨 입었다. S는 자신에게 쏠리는 사람들의 시선을 내심 즐기는 여자였다. 외출할 때 항상 챙이 넓은 모자를 눌러쓰고 잠자리 눈처럼 생긴 선글라스를 착용하지만, 누군가 다가와서 자신을 알아봐 주길 간절히 바랐다. S는 K의 심부름으로 내 작업실에 자주 방문하면서 딸애와 친해졌다. 딸애가 엄마를 잃은 슬픔에 빠져 있을 때 S가 딸애를 친

구처럼 대해주었다. 그러자 딸애는 S를 언니처럼 따르기 시작했다. 딸애는 가끔 동대문에서 원단을 끊어와 패션정보지를 보고 유행하는 옷을 만들어 S에게 선물하기도 했다. 그러나 딸애가 S의 몸매를 부러워하게 된 것은 못마땅했다. 딸애는 S의 식습관을 존중하고 따라하면서 다이어트에 열중했다.
S를 만난 지 일 년쯤 되는 날이었다. S는 레스토랑에서 나를 물끄러미 바라보다가 나와의 관계에서 긴장이 사라졌다고 고백했다. 그날 나는 바비큐 폭립 세트를 주문했다. 샐러드 바의 이용이 무료여서 메인 메뉴가 나오기도 전에 이미 샐러드로 배를 가득 채운 차였다. 불어난 뱃살 때문에 셔츠의 단추가 당겨진 활시위처럼 팽팽했다. S는 음식에는 손도 대지 않고 커피만 마셨다. 중년을 넘어서면서부터 점점 넓어지는 내 이마에서 배어 나오는 기름기, 입술에 묻은 시커먼 소스와 돼지기름이 S를 진저리치게 했을 것이다. S를 만나고부터 살이 더 쪘는데 S 때문에 스트레스를 받을 때마다 과식으로 풀었기 때문이다.
S는 내 배의 부피 때문에 나를 정면으로 안을 수 없다고 놀렸다. 어쩌다 S를 세게 끌어안으면 S는 팔꿈치로 내 배를 찌르고 벗어났다. 한쪽 팔에 쏙 들어오는 S의 허리는 항상 나를 자극했다. S는 내가 푹신한 소파 같다고 했다. 겨울에 공원에 가면 나는 차가운 벤치를 따뜻하게 데워주는 S의 방석이었고 언제 어디서든 편안한 자리를 마련해주는 휴대용 의자였다.

내가 생각하는 편안한 의자는 사람의 온기를 오래 간직하는 의자다. 온기를 간직한 의자에서는 침대처럼 편안하게 잠들 수 있다.
그날 한국 현대미술 경매의 초청 행사는 박수근 화백의 유작 '빨래터'의 경매였다. '빨래터'는 추정가 50억으로 경매에 올려졌다. 작년 K옥션에서 박수근 화백의 다른 유작이 30억에 낙찰된 것을 보면 이번 서울 옥션 경매는 뭔가 구린내가 나는 것 같았다. 주최 측이 박수근을 앞세워서 대대적인 홍보를 하고 높은 낙찰가에 대한 수수료를 챙기려고 위탁자에게 높은 개런티를 냈다는 소문이 돌았다.
"나의 그림은 유화이긴 하지만 동양화다."라는 고 박수근의 말처럼, 유화이지만 그의 작품 속에서는 화강암처럼 거친 듯 소박한 한국미의 전형이 느껴졌다. 그는 어렵고 고단한 시절을 힘겹게 살다간 대표적인 서민화가다. 나는 박수근 화백의 작품이 청담동의 특급호텔에서 평면회화작품 중 최고가로 경매된다는 사실이 아이러니했다. 그때 K가 한 작가가 미술사적으로 인정을 받으면 작품의 가격과 가치가 천문학적으로 치솟는다고 설명했다. 중요한 것은 유작이기 때문에 가격이 상상할 수 없을 정도로 올라간다는 것이었다. 나는 K를 만나기 전까지 미술품 경매가 고상하게 포장한 카지노라고 생각했다. 응찰자는 경매로 나온 그림을 살 것인지 말 것인지에 대해 순간적으로 판단해야 한다. 그래서 미술품 경매는 도박 같은 긴장과 재미를 느낄 수 있는 재테크라고 생각했다.

K는 천재적인 아트딜러였다. 그는 미술품 경매가 개인끼리 또는 화랑을 통해 암암리에 주고받는 닫힌 시장이 아니라 누구나 돈만 있으면 예술품을 누리고 소유할 수 있는 열린 시장이라고 말했다. 그는 나를 순식간에 문제작가로 만들었다.

"모든 것을 패러디하고 자신을 희화화시켜라."

그의 의도된 주문이었다. 비꼼과 풍자의 대상에 자신을 포함시킬 것. 풍자를 할 때 자기 자신을 주인공으로 할 것. 내 작품에 등장하는 인물은 언제나 뚱뚱하고 우스꽝스러운 나의 모습이었다. 나를 문제작가로 만들어준 히트작 '재활용되는 인간'은 내가 양복을 입고 출근하는 모습을 수백 개의 페트병을 압축해서 5미터 크기로 만든 조각상이었다. 그가 그다음으로 진행한 것은 평론가들을 구워삶아 문제작가들을 위한 경매를 기획하고 운영한 것이었다. 미술품 투자가들은 평론가의 비평에 현혹되어 K가 기획한 작가들의 작품을 경쟁적으로 낙찰받아 소장하기 시작했다. 그런데 문제가 생겼다. 내가 매체를 통해 문제 작가에서 인기작가가 되자 K는 이번에는 보여주기 위한 작품과 팔기 위한 작품을 구분하라고 지시했다. 하지만 나는 일 년이 넘도록 작품을 구분해서 생산하지 못하고 있다. 아무리 미술사적으로 가치가 있고 화제가 된 작품이라도 너무 크거나 혐오스럽지는 않아야 했다. 작품이 잘 팔리려면 개인 소장자들이 집에 모셔놓고 감상할 수 있는 요소가 있어야 한다. 나는 그 사실을 잘 알면서도 아직도 예술가라는 자의식에서 빠져나오지 못하고 있었다. 참다못한 K는 내년에 나와 재계약을 하지 않겠다고 선언했다. 그것은 K가 나에게 내린 사형선고였다.

3층 발코니석에서 나를 발견한 K가 S와 함께 1층으로 내려왔다. S는 K와 나에게 무엇을 마시겠느냐고 물었다. 그가 마티니를 부탁해서 나도 같은 걸로 달라고 했다. S가 로비에 설치된 칵테일 바로 요염하게 걸어가며 뒤를 돌아다봤다. K는 박수근 화백의 작품을 낙찰 받으려고 모여든 응찰자들을 둘러보며 나에게 물었다.

"서 작가님은 박수근이 되고 싶습니까? 아니면 제프 쿤스가 되고 싶습니까?"

S가 칵테일 3잔을 두 손으로 받쳐 들고 다가왔다. 박수근은 정서적으로 편안하고 친근감이 가는 명작이지만 우리나라에서만 인기가 있다. 제프 쿤스는 현대 문화의 대표적인 키치 Kitsch를 고급예술로 둔갑시킨 현대미술의 문제아였다. 나는 건배를 제안하며 말했다.

"난, 마르셀 뒤상이 될 겁니다."

"어떤 의미에서요?"

"재료비가 들지 않는 작업을 할 겁니다."

K가 아주 좋은 생각이라며 껄껄거리며 웃자 칵테일을 들고온 S가 따라 웃었다. 내가 K와 건배하며 말했다.

"만약 내년에 이 자리에 안락의자를 내정가 10억에 위탁한다면 나에게 얼마가 떨어지나요?"
K는 S에게 마티니 한 잔을 더 부탁했다. 나도 마티니 한 잔을 더 부탁했다. 하이힐을 신은 S의 다리가 길어 보였다. 그가 S의 뒷모습을 바라보다가 선심을 쓰듯 자신 있게 말했다.
"수수료 빼고 이익의 50% 정도."
내정가는 위탁자와 경매회사가 작품을 내놓을 때 정하는 최저한도 가격이었다. 한마디로 10억 밑으로는 팔지 않겠다는 전략이다. 이런 경우는 경매회사 수수료가 20%까지 올라간다. 경매회사는 대대적인 마케팅을 할 것이다. 내 브랜드 가치도 덩달아 올라갈 것이다. 내가 K에게 말했다.
"생각보다 적군요."
"적은 게 아닙니다."
S가 이번에는 칵테일 3잔을 쟁반에 받혀 한 손에 들고 왔다. 대화는 최근 예술시장의 동향으로 자연스럽게 넘어갔다. 예술성은 환상 같은 거라는 K의 말에 내가 떨떠름한 표정을 짓자 K가 입가가 올라갈 정도로 입을 벌리고 웃었다.
"저번에도 충고했지만 서 작가님은 예술 하기에 나이가 많아요. 내일 모래면 쉰인데 부지런히 벌어야지 않겠어요?"
"만약 안락의자가 유작이라면 얼마나 더 올라갈까요?'
"글쎄요. 동시대 작가라면 어떻게 죽었느냐가 중요하겠죠."
"요즘 갑자기 모든 게 사라져 버린 기분입니다. 정신을 차려

야 하는데."
"그러게요. 잘 아시는 분이 요즘 이상한 작품만 뽑아내고 있으니……."
내가 K의 잔을 부딪치며 말했다.
"이번 의자 전시회 말입니다. 안락의자를 위해 퍼포먼스를 준비했습니다. 내가 직접 출연하는 퍼포먼스입니다."
"예술도 좋고, 퍼포먼스도 좋지만 중요한 것은 기획대로 움직이는 겁니다. 내가 이제까지 왜 서 작가님에게 기대했는지 아십니까?"
"글쎄요. 저야……."
"똥고집 부리지 않고 내 말을 잘 들었기 때문입니다."
S가 선글라스를 벗고 그에게 미소 지었다. 순간 S의 얼굴이 선명하게 들어왔다. 그녀의 눈은 수백 개의 홑눈이 모여서 겹눈을 이룬 곤충의 눈 같았다. 그 눈은 나를 보며 그를 봤고 동시에 많은 사람을 관찰했다. 그녀는 머리가 주먹만 했지만 몸통은 최근 들어 살이 붙어 더 풍성해 보였다. 경매가 끝날 때까지 옆자리에 앉은 그녀가 교미를 끝내고 수컷의 머리부터 잡아먹는 사마귀 같다는 생각이 떠나질 않았다.
S와 K가 사마귀처럼 교미하는 것을 본 적이 있다. 내가 K에 의해 문제작가가 되어 비평가에게 주목을 받던 시절이었다. 미술잡지와 인터뷰를 끝내고 K의 연구실에 갔을 때 내가 문틈으로 엿보는 줄도 모르고 S와 K는 교미에 정신이 없었다.

나는 그날 의자가 다양한 용도로 쓰인다는 사실을 알았다. 팔걸이에 걸쳐진 S의 다리가 흔들릴 때마다 의자는 삐걱거리면서 짧은 신음을 토했다. 잠시 후 신음은 더 커졌고 K는 허리를 기계처럼 돌렸다. K의 힘찬 동작에 의자와 S는 한 몸이 되어 벽으로 밀려났다. 그때 나는 쉽게 밀리는 의자를 보면서 작업실에 튼튼한 소파를 장만해야겠다고 마음먹었다.

내가 비틀거리며 전시장 중앙에 있는 안락의자 앞에 거의 다가섰을 때였다. 갑자기 내 옆으로 다가온 K가 내 귀에 대고 속삭였다.
"서 작가님, 들어가세요. 좀전에 따님이 퍼포먼스의 주인공이 되고 싶다고 해서 내가 그러라고 했습니다."
뒤를 돌아보니 딸애가 S처럼 맨발에 꽃무늬 프린트의 파자마를 입고 안락의자 앞으로 다가오고 있었다. S는 어디로 간 것일까. 딸애가 S처럼 변했고 S가 딸애처럼 보였다. 나는 그러면 안 된다고 소리치고 싶었지만, 목소리가 나오지 않았다. 물에 빠진 사람처럼 허공에 손을 허우적거리다가 바닥에 넘어지고 말았다.
"서 작가님, 지금 주정뱅이 연기하는 겁니까?"
K와 간수 분장의 연기자가 나를 밖으로 끌어냈다. 나는 관객이 서 있는 앞줄에 주저앉아 계속 소리치려고 했지만, 입에서 침만 흘러내렸다.

"서 작가님, 일어나세요."

딸애가 안락의자에 앉자 간수 분장을 한 연기자가 딸애의 발과 팔을 가죽끈으로 묶었다. 간헐적으로 터지던 카메라 플래시가 끊이지 않고 터졌다. 오늘의 주인공은 안락의자가 아니라 딸애였다. 나는 죽음을 앞둔 사형수를 연기하는 딸애의 표정을 보면서 일어나려고 발버둥쳤지만, 소용없었다. 관객들이 바닥에 누워 숨을 헐떡거리며 눈꺼풀을 가냘프게 떠는 나와 안락의자에 앉은 딸애를 번갈아 쳐다보았다. 말을 하려고 하면 할수록 벌어진 입에서 침이 흘러내렸다. 어느 관객이 다가와 나를 촬영했고 K가 나를 한심하다는 표정으로 쳐다봤다. 어느 순간 관객들의 시선이 안락의자에 집중됐다. 간수 분장의 연기자가 딸애의 입에 가죽마스크를 채우자 순간 전시장이 조용해졌다.

프로젝터 화면은 전기의자에 의한 첫 사형 장면으로 이어졌다. 간수는 결백을 주장하는 사형수의 입에 가죽마스크를 채우고 머리에 복면을 씌웠다. 팔과 다리에도 가죽 벨트가 채워졌다. 뱃살 때문에 허리 벨트는 힘겹게 당겨서 채워야 했다.

전시실에서 간수의 분장을 한 연기자가 안락의자의 전기 스위치를 올리고 사라졌다. 그놈은 자신의 심장인 모터를 구동시키며 몸을 떨었다. 딸애의 몸이 흔들의자에 앉은 것처럼 요동치기 시작했다.

프로젝터 화면의 장면이 바뀌면서 스크린에서 퍼져 나온 현란한 빛이 전시실에 퍼졌다. 그 빛이 만들어낸 그림자가 나타났다가 사라졌다. 드디어 확인 절차가 끝나고 사형수의 몸에 17초 동안 전기를 흘려보냈으나 실패였다. 격한 진동이 멈추자 사형수를 묶은 가죽 벨트 사이로 살가죽이 부풀어오르고 사형수의 입을 막은 가죽마스크 사이로 피가 흘러내렸다. 다시 충전에 들어가는 동안 교도관이 전기의자의 가죽벨트를 점검했다. 침묵이 흐르는 동안 충전이 완료되었다. 숨을 헐떡거리는 사형수에게 2,000V의 충격이 가해졌다. 혈관이 파열되고 출혈이 이어지면서 전극 주변의 살갗이 새까맣게 타들어갔다. 의사가 사형수의 죽음을 확인하기 위해 마스크를 풀었다. 얼굴은 피멍이 든 것처럼 보랏빛이었고 코에서 흘러내린 피가 사형수의 가슴을 흥건하게 적셨다. 곧 스크린이 점점 밝아지면서 희미해졌다.

그놈은 관객의 시선이 참여하고 개입하면서 반응하는 하나의 생명체로 다시 태어났다. 관객은 전기의자와 나란히 설치된 안락의자에 앉은 딸애를 바라보면서 고개를 갸우뚱거렸다. 다시 카메라의 플래시가 사방에서 터졌다. 안락의자에 앉은 딸애의 옆구리가 고통스레 오르내렸고 가죽마스크 사이로 침이 흘러내렸다. 딸애의 표정은 마치 빨리 죽여달라고 애원하는 듯했다. 관객 중 누군가가 연기를 참 잘한다고 했다.

기어서라도 앞으로 나가고 싶었지만, 한 발자국도 움직일 수가 없었다. 모든 것을 멈추라고 외치고 싶었지만, 한마디도 나오지 않는 상황을 나는 그저 버틸 수밖에 없었다. 이 상황이 꿈이었으면 얼마나 좋을까 하고 나는 몸부림쳤다. 그러다 어쩌면 예술은 아무 의미도 없는 그저 환상이 아닐까 하는 생각이 들었다. 나는 침을 흘리며 이 환상에서 영원히 벗어나지 않게 해달라고 창조의 신에게 빌었다.
누군가 내 옆구리를 쿡쿡 찔러대며 일어나라고 했다. 영화관에서 재미없는 영화를 보다가 코를 골며 잘 때 내 옆구리를 쿡 찔렀던 아내처럼 그는 내 옆구리를 계속 찔러댔다. 나는 차츰 정신이 들기 시작했지만 어지러워서 바로 일어날 수가 없었다. 침을 흘리며 달팽이처럼 안락의자를 향해 기어갈 때 점점 커지는 딸애의 괴성을 희미하게 들었을 뿐이다.

*2015년 단편소설집 『미노타우로스』의 「안락의자」를 재수록 했습니다.

drawing by kimjoowook

창작노트

주로 조조영화를 보는데 관객이 없어서 편하게 영화를 관람할 수 있기 때문이다. 어쩌다 주말에 영화를 보러 가면 옆자리의 관객 때문에 신경이 쓰여 도저히 영화에 몰입할 수 없는 경우가 많았다. 스마트폰을 확인하는 불빛, 팝콘을 씹는 소리가 적잖이 신경을 긁었다. 그럴 땐 아예 영화를 포기하고 관객들을 관람했다.
처음엔 영화관 의자가 주인공인 이야기를 지어 보려고 했다. 공장에서 탄생한 의자가 새로운 멀티플렉스 상영관으로 옮겨진다. 컴컴한 상영관에 설치된 의자는 창고에서 영화관까지 오는 동안 난생처음 느꼈던 햇살과 시원한 바람의 여운을 떠올렸을 것이다. VIP를 위한 상영관은 30석 규모로 실내장식 마감이 고급스러웠다. 상영관에서는 다양한 서비스가 가능했다. 의자의 관점에서는 생일, 승진, 약혼 이벤트가 제일 고달팠다. 행사 주인공의 동영상과 화보를 보는 쇼가 진행되었고, 먹고 마시고 떠드는 파티가 길게 이어졌다. 밤늦게까지 이벤트가 있던 날은 의자에 묻은 샴페인과 생크림을 닦아내는 청소부 아줌마들의 손길이 분주했다.
객석의 의자는 전부 빨간색이다. 빨강은 어두운 곳에서 가장 눈에 띄는 색이다. 빨간색을 고정적인 이미지로 내세우는 오페라하우스처럼 극장은 귀족적인 고급스러움을 표방한다. 의자는 얼굴이 빨갛

게 달아오르는 관객을 감상한다. 관객은 조작된 카메라의 시선을 따라가면서 연기하는 배우에게 몰입한다. 스크린 속의 장면에 따라 관객의 엉덩이가 들썩인다. 의자는 시시각각 변하는 관객의 체온을 느끼면서 그들이 어떤 부류의 사람인지 가늠해본다. 영화 상영 시간만큼은 관객들이 하나가 되어 이야기 속으로 빠져든다. 영화의 힘은 거대하지만 찰나적이다.

의자의 허리는 누워서 영화를 볼 수 있을 정도로 뒤로 젖혀진다. 의자의 품에서 연인들은 상영관에 비치된 담요를 덮고 서로에게 안겨서 영화를 본다. 연인들은 빨간 와인을 홀짝거리며 사진을 찍는다. 관객은 영화를 보면서 일상에서는 포착할 수 없는 이미지를 느끼고 의자는 타인이 되어 관객에게 시선을 던진다. 연인들의 따뜻한 열기가 의자를 숨 쉬게 한다. 영화가 끝나고 연인이 사라지면 의자에 감돌았던 열기도 금방 식어버린다. 의자는 다음날 상영 시간까지 어둠의 나락에서 몸부림친다. 흔들림도 소리도 없는 조용한 몸부림이다.

'안락의자'는 화재로 아내를 잃은 기억을 간직한 어느 예술가의 마지막 퍼포먼스를 조명한 이야기이다. 극장 의자가 조각가에 의해 안락의자로 변신한다. 조각가가 만든 안락의자는 우리를 서서히 죽이는 사형의자라고 할 수 있다. 현대는 교통사고를 당해서 죽는 사람보다 안락의자에 앉아서 죽는 사람이 더 많은 시대이다. 자본의 지배를 받는 승자독식사회에서 자신의 정체성을 고민하는 조각가의 이야기를 의자를 모티브로 엮었다.